안다

열린책들 하다 앤솔러지 5

안다

김경욱

심윤경

전성태

정이현

조경란

차례

사라졌거나 사라지고 있거나 사라질	김경욱	7
가짜 생일 파티	심윤경	43
히치하이킹	전성태	79
다시 한번	정이현	117
그녀들	조경란	151

사라졌거나 사라지고 있거나 사라질
김경욱

과거는 미래의 감옥.

오래도록 충분한 고통을 겪은 자만이 미래로 돌아갈 수 있다.

우리가 미래로 돌아가지 못한다면 햇수가 모자라거나 고통이 충분치 않은 때문이다.

나이 83세. 키 165센티미터, 몸무게 54킬로그램, 검정 패딩, 진회색 바지, 검정 워킹화, 구부정한 자세에 절룩거리는 걸음걸이, 치매기 있음.

누군가를 찾는 안내 문자만큼 그가 견뎌야 했던 것들을 또렷이 일깨우는 게 있을까. 단출한 두어 줄 안에 낯선 유형지에서의 나날이 고스란히 새겨져 있으니. 출소 리포트 같은 그 두어 줄만으로도 감이 온다. 돌아가도 되는 사람인지 아닌지. 물론 결정은 내 일이 아니다. 들어온 사람을 적절한 거리에서 지켜보고 나갈 사람을 정해진 절차에 따라 내보낼 뿐. 그게 간수라 불리는 직업의 본분이니. 그곳이 높디높은 콘크리트 담장으로 둘러싸인 감옥이든 낯설디낯선 과거 속에 던져지는 시간의 감옥이든.

*

어머니는 청국장을 끓이다 말고 두부를 사러 나가 돌아오지 않았다. 두부는 없어도 괜찮다고 해도 기어이 나갔다. 가스불도 그대로 켜둔 채.

「12시 좀 넘었나. 〈나는 자연인이다〉 재방송이 막 시작할 때여.」

아버지는 어머니가 집을 나선 시각뿐 아니라 옷차림도 자신 있게 댔다.

검정 패딩에 진회색 바지, 검정 워킹화.

키와 몸무게를 말하기 전까지는 아버지 말을 의심하지 않았다.

「신장은 170 조금 넘고 체중은 나보다 몇 키로 더 나가니까 한 67은 될 것이여.」

어머니의 정확한 키와 몸무게는 작년에 받은 건강 검진 기록지에 나와 있었다. 아버지는 키를 5센티쯤, 몸무게는 10킬로그램도 더 올려 말했다.

「건강 검진은 언제 받았대?」

아버지는 기록지를 미심쩍은 눈길로 들여다보았다.

옷차림은 확인할 길이 없었다. 빌라 근처 CCTV에도 어머니 모습은 잡히지 않았다. 아버지의 기억을 어디까지 믿어야 할까. 혹시나 해서 편성표를 찾아보니 그날 그 시간대에 〈나는 자연인이다〉가 편성된 채널은 없었다. 아버지도 치매 검사를 받아 봐야 할 것 같았다.

아버지만 탓하기는 뭐했다. 어머니가 어떤 컬러를 좋아했는지, 어떤 스타일을 즐겨 입었는지 자신 있게 말하는 자식 하나 없었다. 아들만 셋인 집이라 그런 것만도 아니다. 어머니는 형수들이 사주는 옷을 해지도록 입거나 아버지가 안 입는 옷을 대충 걸치고 다녔다. 회갑 기념으로 아들들이 맞춰 준 자주색 벨벳 정장은 스무 해 넘게 입었다. 맞춤옷은 세 번째였다. 처음 두 벌은 아버지가 해줬다. 큰형이 태어났을 때 처음으로 한 벌, 작은형이 태어났을 때 마지막으로 한 벌.

열 살 터울로 내가 태어났을 때는 아무것도 없었다.

「옷이 문제간디? 아홉 달도 못 채운 애기가 손가락, 발가락 열 개씩 달고 나온 게 어디냐. 옷이 날개가 아니라 무사히 나와 준 니가 내 날개였제.」

서운할 것도 아쉬울 것도 없다는 어머니와 달리 아버지는 툭하면 실패한 난관 수술을 들먹였다.

「그 칼잽이가 거시기만 야물게 쩜맸어도…….」

두 형 모두 난산이었던 데다 유산까지 두 차례나 겪고 나서 의사가 권한 수술이었다. 아이를 더 갖는 건 너무 위험하다면서.

「그렇게 나를 생각했으믄 자기가 쩜맸어야지.」

어머니는 번번이 되받곤 했지만 죽었다 깨어나도 그럴 일은 없었다. 아버지는 고통이 따르는 일이라면 더한 고통을 감수하고라도 피하고 보는 사람이었다.

또 아버지 얘기로 샜다. 아버지 이야기라면 쓰는 소설마다 사골처럼 우려먹지 않았나.

『꿀벌들은 어떻게 집으로 돌아오는가』.

데뷔작도 예외는 아니다. 멸종된 꿀벌을 드론 꿀벌이 대신하는 미래를 그린 SF 소설. 2029년의 어느 여름날 꿀벌들이 그런 것처럼 드론 꿀벌들마저 한날한시에 자취를 감추고, 사라진 꿀벌들을 찾아 꽃의 지도 끝으로 가는 사내가 있다. 드론 꿀벌들이 일제히 자취를 감춘 까닭은 뭘까? 수십 년 동안 시계추처럼 해온 일을 하루아침에 작파한 비밀은 뭘까? 아몬드 숲에서도, 라벤더 언덕에서도, 크랜베리 들판에서도 꿀벌 추적자의 머릿속은 들쑤신 벌집처럼 붕붕거렸다. 그 인물에도 아버지의 실루엣이 어른댔다.

한때 우리 집 뒤란에는 벌통이 예닐곱 기 있었다. 아버지가 벌이다 만 숱한 일들 가운데 하나였다. 어느 봄날 아버지는 꿀을 따러 간 일벌들이 안 돌아온다며 동네방네 벌통 뚜껑이라는 뚜껑은 다 들추고 다녔다. 우리 집 꿀벌인지 척 보면 안다는 듯. 결국 빈손으로 돌아와서는 벌통 입구마다 새빨간 물감 칠을 해대던 장면이 잊히지 않는다.

작정하고 모델로 삼은 적은 없어도 쓰고 나면 어김없이 아버지를 닮은 캐릭터가 있었다. SF보다 역사 소설에 더 어울릴 법한 캐릭터. 하지만 미래 세계의 어떤 인물보다 생생히 살아 있는 캐릭터.

아버지가 내 소설을 읽을 리 없다는 믿음 때문인지 모른다. 책을 펼쳐 보는 모습이라곤 본 적이 없었으니까. 일곱 권짜리 족보와 연초마다 나오는 종친 회보만 빼고. 아들에겐 좋은 아버지가 아닐지 몰라도 작가에겐 그리 나쁘지 않은 아버지. 그게 바로 내 아버지다.

「소설을 썼다고? 막둥이 니가?」

과학 소설 공모에 당선됐다는 소식을 듣고 깜짝 놀란 것도 잠시, 아버지는 상금부터 물었다.

SF 장편을 네 권이나 내도록 일가친척들은 집안에 작가가 있다는 사실을 신기해한다. 할아버지의 아홉 형제자매, 아버지의 일곱 형제자매, 관광버스 서너 대는 족히 불러야 할 그 다음 세대까지 삼대를 통틀어 직업에 집 가(家) 자가 붙는 사람은 오직 나 하나뿐. 논밭을 일구며 산양처럼 머리를 맞대고 살아온 혈통이었다. 작가든 화가든 성악가든 일가를 이루는 게 목표인 인생과는 거리가 멀었다.

「과학 소설이라면 미래를 그리는 소설 아니냐?」

어머니는 놀라는 기색 하나 없이 묻더니 내 소설을 읽고 나서는 뜻밖의 평을 해주었다.

「근디 미래가 아니라 꼭 옛날 이야기처럼 읽혀야. 허기사 사람 사는 일이 미래라고 뭐 다르것냐.」

어머니의 평을 듣고 나면 내가 소설에서 뭘 말하려 했는지 그제야 알 것 같았다.

어머니는 내 소설을 읽어 주는 유일한 가족이었다.

〈이번에는 대박 나라.〉

〈열 권 사서 보낼 테니 사인 좀 해줘.〉

형들은 책 돌릴 사람들 이름을 줄줄이 카톡에 적으면서도 잘 읽었다는 의례적 한마디조차 없었다.

「잘 받았다.」

책을 부치면 어머니는 보름도 훨씬 지나 전화하곤 했다. 책이 그제야 도착했다는 듯. 느낌표처럼 붙는 침묵 속에서 알 수 있었다. 어머니가 책에서 막 빠져나왔다는 걸. 책과 함께 어떤 시간을 온전히 통과했다는 걸.

「벌써 다 읽으셨어요?」

내 물음에 어머니는 기다렸다는 듯 준비된 평을 들려주었다.

「이번 주인공은 말을 많이 해서 안 답답하고 좋드라. 말이 없으믄 너무 어두워야.」

외가 쪽에 책과 가까운 사람이 있었나 하면 그건 아니다. 책은커녕 〈외가〉라는 두 글자만으로도 귀신 같은 적막감에 가슴이 조여 온다. 또래에서는 드물게 무남독녀 외동으로 나고 자란 어머니였다. 외할머니와 외할아버지는 내가 태어나기 전에 돌아가셨다.

「하늘에서 뚝 떨어진 사람이다, 늬 엄마는.」

뭔가 아는 듯 냄새만 풍겼지 아버지도 잘 모르는 눈치였다.

어머니는 외가 얘기라면 이상하리만치 말을 아꼈다.
「우리는 왜 외갓집이 없어?」
단짝 친구들이 모두 외갓집에 놀러 가고 혼자 남은 어느 여름 방학이었을 것이다. 한숨처럼 내뱉은 소리에 어머니는 말없이 부엌으로 들어가더니 뚝딱뚝딱 뭔가를 만들어 왔다. 외할머니가 해주던 거라며 내온 음식은 국수였다. 차갑고 부드럽고 뽀얀 국물은 고소하면서 달콤했다. 내가 아는 고소하고 달콤한 맛이 아닌 난생처음 보는 맛이었다. 나중에 어머니는 그게 콩국수였다고 했지만 그 후로 먹은 어떤 콩국수에서도 다시는 그 맛을 느낄 수 없었다. 콩도 아니고 잣도 아니고 그 어떤 것도 아닌 맛. 어머니는 왜 단 한 번만 그 맛을 내보였을까.
국수 가락을 허겁지겁 삼키는 나를 지켜보던 어머니 역시 무언가를 애써 삼키는 표정이었다.
그때 어머니가 삼킨 것은 무엇이었나.
첫 책을 받고서 어머니는 삼키려다 만 말을 내뱉었다.
「너를 보고 얼마나 좋아했을까. 과학 소설가가 된 것은 다 느이 외할머니 덕인디…….」
「외할머니가 어떠셨는데요?」
「니는 외할머니를 쏙 빼닮았어야. 눈앞의 일보다 멀리 앞날을 내다볼 줄 아는 사람이었제.」

내가 그 국수 맛을 두 번 다시 볼 수 없는 것도 그래서일까. 그것이 어느 한때 과거의 맛이 아니라 아직 오지 않은 미래의 맛이라면.

*

이름이 어떻게 됩니까?
운주, 임운주입니다.
나이는요?
스물둘입니다.
수감 당시 나이 말고요.
올해가 몇 년이죠?
유형지 연도로 2025년입니다.
그럼 여든……셋이겠네요.
준비가 되었나요?
네. 이제는 돌아갈 수 있어요.

*

다니던 출판사를 그만두고 어머니를 찾는 데 매달렸다. 딸린 식구가 없는 자식은 삼 형제 중 나뿐이었고, 경찰서에서 오는 연락이라곤 새로운 실종자를 찾는 안내 문자가 전부였다.
〈사람을 찾습니다.〉
어머니의 얼굴이 담긴 전단을 버스 정류장마다 붙이고 버스에 오르는 사람에게도 빠짐없이 건넸다. 아무리 뒤져 봐도 팔순 모임 때 찍은 가족사진이 가장 최근 사진이었다. 몇 년 전인데도 훨씬 젊어 보였다. 전단을 들여다보면 볼수록 사라질 당시의 얼굴이 떠오르지 않았다.
두부를 사러 나간 게 맞나.
집 앞 슈퍼에도 근처 편의점에도 대로변 마트에도 그날 어머니의 흔적은 없었다.
골목골목 설치된 CCTV도 마찬가지였다. 더러 고장 난 것도 있고 렌즈가 오염된 경우도 있다고 했지만 어떻게 그림자도 비치지 않을 수 있을까.
「전에도 며칠씩 나갔다 돌아왔어야.」
아버지는 아침부터 막걸리를 들이켜며 말했다.
처음 듣는 얘기였다.
「그깟 비료 살 푼돈 좀 날렸다고 말도 없이 집을 나가야 쓰것냐. 나중에 두 배로 따서 고스란히 갖다줬는디.」
「친정도 없는 분이 어딜 가셨대요?」

「아무리 물어도 묵묵부답이여. 늬 둘째 고모가 아는 큰스님한테 물었더니 타고나기를 남편도 자식도 없는 팔자라드라. 한 번씩 쏘다니게 놔두라고 안 허냐. 안 그러면 두 아들이 다친다고.」

「둘이요?」

「니 태어난 뒤로는 그런 일이 없었응께. 니 형들은 돌림자 넣어서 내가 직접 지었는디 니야는 그 큰스님한테 쌀 한 말을 갖다 바치고 받아 왔어야. 니 엄마랑 합이 들 이름으로.」

「어머니가 지은 게 아니고요?」

「누가 그러던?」

「제 이름만은 손수 짓게 해달라고 하셨다던데요?」

「긍께. 치매 오고부터는 머시든 다 지가 했다고 안 허냐. 큰스님이 준 두 개 중에 골라 놓고서는.」

그 시절 어머니는 며칠씩 어디를 다녀온 걸까. 이번에도 거기로 간 걸까. 남편이든 자식이든 짐작조차 못할 곳, 남편에게도 자식에게도 말할 수 없는 곳. 아니, 어쩌면 말하고 싶지 않은 곳으로.

사라지기 전날 밤 어머니는 내게 전화를 걸어 왔다. 그 전화를 받지 못했다.

어머니 휴대폰은 두부 사러 집을 나서고 몇 분 만에 꺼졌다. 다시 켜지지는 않았다.

근 반년 치 통화 내역을 뽑아 보았다. 대부분 일가친척이었고 아버지가 모르는 이름은 거의 없었다. 아버지가 건강원을 차릴 때 동업했던 정 사장 부부도, 무안에서 양파 농사짓던 이웃끼리 만든 계 모임 멤버들도 어머니의 행방을 몰랐다. 나머지 연락처들은 해보나 마나였다.

042로 시작되는 그 번호로 전화를 걸어 볼 때 역시 별 기대는 없었다.

「요양 병원에 누가 입원했어요?」

달에 한 번 꼴로 찍힌 유선 번호는 대전에 있는 한 요양 병원이었다.

「나는 죽어도 그런 데 안 들어갈 것이여.」

아버지는 당장 요양 병원에 가자는 말이라도 들은 것처럼 막걸리 잔을 탁 내려놓았다. 전화만 하면 다 죽어 가는 목소리로 어디가 어떻게 안 좋다 소리부터 늘어놓으면서, 병원에는 어디가 부러지지 않는 한 근처도 안 가려 드는 사람 아니랄까 봐.

참사랑 요양 병원.

큰아버지와 셋째 고모가 요양 병원 신세를 지고 있었지만 그곳은 아니었다. 참사랑 요양 병원에서 어머니 이름 석 자로 알아낼 수 있는 건 없었다.

「최 씨 집안사람 빼고는 면회를 가려도 갈 사람이 없는 천애 고아 아니냐. 치매로 집을 홀라당 태워 먹기 전에 제 발로 걸어 들어갈라고 알아봤것제. 저번에도 곰국 올려놓고 미장원에서 구루뿌 말다가 솥째 태워 먹었어야.」

아버지 말을 듣고 참사랑 요양 병원에 다시 전화해 물어보았지만 입원자 명단에 어머니는 없었다. 괜한 짓이었다. 만에 하나 제 발로 들어간다고 해도 아무 연고도 없는 낯선 도시를 택할 리가.

어머니가 사라진 뒤로 나는 밤마다 악몽에 시달렸다. 무언가를 찾는 건지 무언가에 쫓기는 건지 알 수 없이 헤매 다니는 꿈들 중에 어머니가 등장한 건 딱 한 번이었다. 전쟁 통이었다. 지진이 난 것 같기도 했다. 건물은 주저앉고 거리는 불길에 휩싸였다. 어딘가로 연락하려 했지만 휴대폰은 먹통이고 겨우 찾은 공중전화 부스마저 누군가 이미 차지한 채였다. 아무리 기다려도 수화기를 내려놓을 기미조차 없었다. 유리문을 쾅쾅 두드렸을 때 뒤를 돌아본 사람은 어머니였다. 주름 하나 없이 젊은 어머니. 어머니는 나를 보고도 전화를 끊지 않았다. 귀에 댄 수화기를 두 손으로 움켜쥐더니 절대 내주지 않겠다는 듯 가슴팍에 꼭 안았다.

꿈속에서 물었던가.

누구예요. 누군데 그렇게 꽉 붙들고 계시는 거예요, 어머니.

대답은 들리지 않았지만 유리문 너머의 표정은 지금도 눈에 선하다. 처음에는 우는 줄 알았는데 아니었다. 아주 오래된 슬픔 사이로 비어져 나오는 은밀한 기쁨. 어머니는 웃고 있었다.

「다른 특이 사항은 없나요?」

검정 워킹화까지 받아 적은 경찰관이 아버지를 바라보며 물었을 때 먼저 입을 연 것은 나였다.

「다리를 저세요. 고관절 수술 때문에……」

「수술받기 전부터 절었어라. 맬겁시 키만 커가지고 무릎이 원체 안 좋았응께.」

아버지가 내 말허리를 자르며 끼어들었다.

아버지 말대로면 고관절 수술도 어머니 탓이었다. 뒤도 안 살피고 용달차를 대던 아버지 탓이 아니라 채 멈추지도 않은 차에 비료 포대를 싣겠다고 성급히 달려든 어머니 잘못이었다.

「돈도 안 되는 농사 그만 좀 지으라고 한 지가 벌써 몇 년째예요.」

형들은 아버지 앞에서 짜증을 냈지만, 삼백 평 남짓한 땅에 포도나무며 감자며 배추를 일구는 일은 거의 어머니 몫이었다.

「밭에서 거두는 그것들 다 사 먹으려면 돈이 얼만디. 다달이 들어오는 고정 수입이 있는 것도 아니고.」

아버지의 대꾸에 형들은 입을 다물었다. 형제들끼리 돈 얘기를 진지하게 해본 적이 있던가. 계절마다 포도즙이며 감자며 김치를 박스째 받아먹으면서도 용돈은 얼마씩 보내는지, 아버지 통장 잔고가 얼마나 되는지, 누구 하나 선뜻 얘기를 꺼내는 사람이 없었다. 할 말이 없기는 나도 마찬가지였다. 틀니를 새로 하거나 밀린 자동차 보험료를 낼 돈이 필요하다는 아버지 전화를 받을 때면 요새 형들 벌이가 좀 신통치 않나 짐작만 할 뿐이었으니. 근근이 이어 가는 살림을 모르지 않으면서도 어떻게든 꾸려 나갈 거라는 믿음이 있었던 것 같다. 어머니라면. 아버지가 아니라 어머니라면.

「치매이신 건 분명한가요?」

「그게 좀 애매한데요…….」

경찰관의 물음에 내가 말끝을 흐리자 아버지가 목소리를 높였다.

「집도 못 찾아오는디 치매가 아니고 뭐다냐?」

치매가 확실해야 열심히 찾는다고 아버지는 경찰서를 나서며 중얼거렸지만, 그렇지 않을까 봐 두려워하는 것 같기도 했다. 집을 못 찾아오는 게 아니라 안 찾아오는 것일까 봐.

갑자기 나도 자신이 없어졌다. 어머니가 집을 못 찾아올 거라는 생각은 해본 적 없었는데, 아버지의 두려움이 전염되기라도 한 듯 이 모든 게 어머니의 치매 때문이라고 믿고 싶어졌다.

서너 해 전부터였다. 어머니 머릿속 달력이 말썽을 부리기 시작한 것은.

「미역국이 다 뭐여. 밥통에 밥도 없는디. 해 뜨기 전에 밭에 나가서 여태 안 들어왔어야.」

느지막이 건 생일 축하 전화에 아버지가 볼멘소리를 늘어놓았다. 어머니가 아버지 생일을 깜박한 것은 처음이었다. 그리고 마지막도 아니었다. 다음은 자식들 차례였다.

「막내 니 생일까지?」

생일날 어머니 전화를 받지 못한 지 몇 년 되었다면서도 무엇 때문인지 형들은 어머니가 내 생일만큼은 잊지 않았을 거라 믿고 있었다.

「어릴 때부터 그랬잖아.」

「뭐가?」

「너만 멜빵바지에 잘 차려입히고, 실내화도 맨날 빨아서 부뚜막에 올려놔 주고.」

「형들이 입던 바지가 커서 그랬잖아. 멜빵바지 입었다고 얼마나 놀림받았는데.」

「아무튼 너는 좀 달랐어.」

형들이 기억하는 어머니와 내 기억 속 어머니가 같은 사람 맞나. 오히려 형들을 부러워하던 나였는데. 형들은 별것 아닌 심부름만 해도 대단한 일이나 한 것처럼 추어 주던 어머니가 내게는 왠지 달랐다. 아니, 다르다고 느꼈다. 학교에서 상장을 받아 가면 뛸 듯이 기뻐했지만, 나는 그 환한 표정 위로 곧바로 드리우던 어떤 그늘을 보았다. 함부로 기뻐해서는 안 될 일인 것처럼, 맘껏 기뻐한 게 감춰야 할 죄인 것처럼, 불이 꺼지듯 한순간 어두워지던 얼굴을.

어린 마음에는 그런 어머니가 이상하고 섭섭했지만 언제부턴가 궁금증이 더 커졌다.

기쁨과 두려움이 교차하던 그 표정은 내게만 지어 보인 것이었을까. 나만이 알아차린 어머니의 진짜 얼굴이었을까.

생일 같은 건 아무래도 상관없었다. 내 생일만 깜박한 것도 아니고. 하지만 어머니 본인 나이라면 얘기가 달랐다.

「뭔 팔순을 또 쇤다냐.」

팔순 생일에 맞춰 가족여행이나 가자 했더니 어머니는 작년에 쇠지 않았냐고 잘라 말했다.
「아버지 팔순을 착각하셨나.」
「칠순 잔치가 엊그제 같으신가.」
형들의 속 편한 소리에 나도 슬쩍 맞장구를 쳤다.
「하긴 팔순이 뭐가 반갑겠어.」
하지만 농약을 치다 받느라 잠깐 헷갈렸다는 어머니의 해명에도, 애써 합리화하려는 우리의 노력에도 불안은 사그라들지 않았다. 어머니 머리에 조금이라도 문제가 있으면 정말 큰 문제였다. 어머니도 어머니지만 해가 갈수록 반나절도 마주하기 힘들어지는 아버지는 누가 감당할 건가. 굳이 말하지 않아도 우리는 서로의 바람을 알았다. 두 분 중 어느 한쪽이 치매일 수밖에 없다면 그것이 어머니만은 아니기를.
치매 검사를 더 이상 미루지 못한 건 모른 척하기 힘든 문자 메시지 때문이었다.
〈어디서 볼까요.〉
편집 회의 도중 불쑥 날아든 문자 메시지. 어머니가 보냈다고 상상할 수 없는 여섯 글자를 보자마자 피싱이라는 단어가 스쳤다. 나는 반사적으로 통화 버튼을 누르며 회의실을 빠져나갔다.

「할 말이 있으믄 전화를 했겄제. 뭐라고 써서 보냈다고?」

어머니는 문자를 보낸 사실 자체가 없다고 했다. 심장 박동이 빨라졌다. 차라리 진짜 피싱이면 했지만 발신자는 분명 어머니였다.

다음 날 월차를 내고 본가로 향했다. 삼 형제 대화방에 톡을 올린들 결국 내 몫일 터였다. 양꼬치 집 오픈이 코앞인 큰형이나 택배 차를 모는 작은형까지 일손을 놓고 내려갈 필요가 없기는 했다. 실은 그 수상한 문장을 입에 올리고 싶지 않았다. 정말 어머니가 보낸 문장이라면 우리의 불안이 현실이 되었음을 부정할 수 없었기에.

인지 검사 결과는 애매했다. 100에서 7을 연달아 빼는 셈은 다섯 번 중에 두 번을 틀렸다. 나열된 세 개의 단어는 한둘 정도 기억해 냈다. 겹친 오각형 따라 그리기는 하나만 오각형이고 다른 하나는 사각형에 가까웠다.

어머니가 자신 있게 대답한 건 오늘 날짜를 묻는 첫 질문뿐이었다.

「2342년…….」

너무 태연해서 그냥 지나칠 뻔했다. 내가 허구한 날 노트북 앞에 앉아 떠올리는 숫자들 중 하나일 수도 있었으니.

CT 촬영실 앞에 나란히 앉아 있는 동안 다시 물어보았다.

「오늘이 몇 년 몇 월 며칠이라고?」

「2342년 3월 17일.」

날짜도 어김없었다.

「요일은 무슨 요일이에요?」

「화요일이지.」

그날은 금요일이었다.

「어머니가 42년생이니까 올해 사백 살이네요. 내 나이는 삼백하고도 쉰…….」

나는 애써 밝은 목소리로 말했다.

「아이고. 금방 내가 몇 년이라고 했냐?」

어머니는 멋쩍은 얼굴로 웃었다. 무심코 내비친 비밀을 어떻게든 주워 담으려는 사람처럼.

「이걸로는 진단하기 어렵고요. MRI까지 찍어 봐야 확실하긴 한데…… 시간을 두고 좀더 지켜보시든지요.」

의사는 내 쪽으로 틀어 주었던 컴퓨터 모니터를 제자리로 돌렸다.

「얼마나요?」

나는 자리에서 일어서다 말고 물었다.

그때는 몰랐다. 그 CT 사진이 내가 본 어머니의 가장 최근 사진이 될 줄은. 빛이 바랜 듯 희부윰하던 뇌 사진. 주름진 영혼의 골짜기 여기저기 검은 안개가 스며들고 있었다.

*

삼 년 전에 돌아갈 수 있었는데 왜 지금까지 남았습니까?
그때는 떠날 수 없었어요.
왜 그랬습니까?
혼자 두고 갈 수가 없어서요.
지금은요?
끝났어요. 다 끝났습니다.

*

「오늘이 몇 월 며칠이에요?」
어머니에게 전화할 때마다 나는 날짜부터 물었다. 치매 검사를 받은 뒤로 어머니는 틀린 날짜를 대는 일이 없었다. 내 전화가 울리자마자 달력을 짚어 보기라도 하는 걸까.
제대로 된 날짜를 또박또박 대는 어머니에게 이것저것 더 캐묻고 싶어졌다.
「여수 살 때 길렀던 백구 이름 기억나세요?」

「아버지가 차렸던 전자오락실은 어느 동네였어요?」

「큰손주가 올해 몇 학년인지 알아요?」

어머니는 삼십 년도 더 된 일은 곧잘 기억하면서도 석 달 전 일을 물으면 말문이 막히곤 했다.

「인자 나 갈 날이 머지않았는갑다.」

미안하다는 듯 탄식하는 어머니에게 나는 버럭 짜증을 냈다.

「가긴 어딜 간다고 그래요. 기억 좀 못 한다고 당장 죽기라도 해요?」

왜 고작 그런 말밖에 못 했을까. 왜 고작 그런 질문밖에 못 했을까. 다른 것들을 물어볼 수도 있었을 텐데.

이를테면 온 가족이 간 노래방에서 마이크도 안 켜고 불렀던 노래는 어떤 노래였는지, 난생처음 비행기 타고 동남아 여행 갈 때 사 입었던 옷은 어떤 옷이었는지, 밭일을 하다 감나무 그늘에 앉아 휴대용 라디오로 듣던 프로는 어떤 프로였는지, 온전히 어머니 자신이 주어가 되는 질문들을.

어쩌면 이런 것들까지 물어볼 수도 있었을 텐데.

벚꽃잎이 눈처럼 날리던 어느 봄날, 대여섯 살쯤의 나와 단둘이 시외버스로 한참을 갔던 유원지는 어디였는지, 거기서 내게 솜사탕을 쥐어 주고 머리를 쓰다듬어 준 그 사람은 누구였는지, 나는 답을 알 수 없는 어머니만의 기억들에 관하여.

  우리가 여태 어머니를 찾지 못하는 것은 그런 질문들에 답을 듣지 못했기 때문인지도 모른다. 아니, 애초에 그런 질문들을 떠올리지도 못했기 때문일 것이다. CCTV 화면 속에서 어머니를 발견하지 못했던 것 역시.

  빌라 근처 CCTV를 한 번 더 돌려 보자고 담당 경찰관에게 부탁했다. 거무스름한 옷차림을 하고 구부정한 자세로 지나가는 노인들이 여럿 보였지만 어머니는 아니었다. 나도 모르게 멈춰 세운 화면 속에는 가장 어머니 같지 않은 누군가가 있었다. 보랏빛 롱 코트에 알록달록한 스카프를 두르고 버킷 해트를 눌러쓴 모습, 〈일방통행〉네 글자를 거꾸로 밟으며 꼿꼿하고 여유롭게 걷는 뒷모습. 어느 하나 어머니라고 생각하기 힘들었다. 카메라 너머로 사라지기 직전 문득 걸음을 멈추고 한참을 뒤돌아보는 모습이 아니었다면. 다시 돌아오지 않을 곳을 마지막으로 담는 듯한 눈길이 아니었다면.

  「뒤통수만 봐도 몰겄냐. 아니여. 늬 엄마 절대 아니여.」

  아버지는 몇 번이고 고개를 저었다. 어머니에겐 그런 코트도 그런 모자도 없다면서.

  아버지가 강하게 부정할수록 어머니가 맞는 것 같았다. 낯선 유원지로 나를 데려가던 젊은 날의 어머니. 검정 패딩, 진회색 바지, 검정 워킹화, 구부정한 자세에 절룩거리는 걸음걸이. 우리만의 기억 속에 가둬 버린 어머니가 아닌 자기만의 시간으로 풀려난 어머니.

「나 갈 날이 머지않았는갑다.」

이상하게 그 말만 들으면 필요 이상 화가 났다. 왜 그랬을까.

실은 사라지기 전날 밤 어머니가 걸어 온 전화를 못 받은 게 아니다. 휴대폰이 울린 순간 나는 소설로 쓰게 될지도 모를 어떤 미래를 헤매고 있었다. 죄수들을 시간의 감옥에 가두는 미래. 콘크리트 감옥 대신 낯설고 먼 과거로 유배 보내는 미래에 사로잡혀 있었다. 휴대폰이 시끄럽게 울리는 현재로 돌아오고 싶지 않을 만큼.

나갈 날이 머지않았는갑다.

어머니가 이번에는 이렇게 말할까 봐. 나 갈 날이 아니라 나갈 날이라고 똑똑히 말할까 봐 두려웠는지도 모른다.

롱 코트에 버킷 해트를 쓰고 카메라 밖으로 걸어 나간 사람. 한참을 돌아본 뒤 홀가분한 걸음으로 사라진 사람. 우리가 눈 뜬 채 놓치고 있던 그 사람이 마지막으로 포착된 곳은 반 시간 넘게 걸어야 하는 어느 재래시장 입구였다.

아케이드 안쪽으로 몇 걸음 들어서니 두부 가게가 하나 보였다. 가마솥 즉석 손두부.

「혹시 이 분 보신 적 있으세요? 보름 전쯤인데요.」
전단을 받아 든 백발의 할머니가 고개를 갸웃했다.
「보라색 코트에 알록달록한 스카프를 하고 계셨을 거예요.」
「아. 그 양반.」
할머니가 전단을 가까이 들여다보며 말했다.
「얼굴은 긴가민가한데 차림을 들어 보니까 맞네. 어디 나들이 가는 차림으로 와 갖고 두부 한 모 달라드만 그 자리에서 먹어 치웠어.」
「그 자리에서요?」
「감옥소에서 막 나온 사람도 아니고 왜 저러나 했드만…… 아직 못 찾았어?」
길바닥에서 두부 한 모를 허겁지겁 먹어 치우는 어머니라니. 믿기 힘들었다. 그럼에도 어머니가 맞다는 생각은 더 굳어졌다.
「그러고 나서 어디로 갔는지 기억나세요?」
「시장 안쪽으로 갔지. 거스름돈도 마다하면서 고맙다는 인사를 몇 번이나 하더라고.」
나는 두부를 한 모 샀다. 고맙다는 인사를 건넨 다음 시장 안쪽으로 향했다. 거스름돈은 받지 않았다. 비닐에 담긴 두부를 한 입 떼어 먹어 보았다. 고소하고 달콤했다. 내가 아는 두부, 청국장에 들어갈 두부 맛이 아니었다. 처음부터 어머니는 청국장에 넣을 두부를 사러 나온 게 아니다.

청국장이 보글보글 끓는 동안 어머니는 장롱 깊숙이 감춰두었던 옷을 꺼내 입는다. 빛바랜 보라색 코트를 걸치고 꽃무늬가 화려하게 수놓인 스카프를 정성껏 두른 다음 파마가 풀린 희끗한 머리 위로 버킷 해트를 단단히 눌러쓴다. 텔레비전 앞에서 반쯤 졸고 있는 아버지를 바라본다. 인자 나갈 때가 되었소. 아버지가 깨어 있다면 할 수 없는 인사를 남기고 집을 나선다. 골목 끄트머리에서 걸음을 멈추고 못다 한 인사를 건네듯 뒤를 돌아본다. 십 리 길의 반절을 걸어 두부 가게에 당도하기까지 몇 번을 더 돌아보았을까. 가게 앞에 서서 두부를 먹는 일이 뷴, 그사이 지나쳐 온 것들이 하나둘 희미해진다. 어떤 기쁨으로 고통받았는지, 어떤 슬픔으로 견디었는지, 뒤돌아보게 만드는 그 모든 것이 하얗게 지워진다. 이윽고 다시 걸음을 옮긴다. 오래전 떠나온 미래를 향해 열리는 눈부신 빛 속으로 나아간다.

나는 1984년생. 조지 오웰이 사랑조차 금지될 거라고 상상한 해에 태어났다. 삼 형제의 막내였다.

2342년, 지금으로부터 삼백 년도 훨씬 뒤에 올 세상이라면 어떨까. 사랑이 금지되는지는 몰라도 죄수들이 감옥 대신 머나먼 과거로 보내지는 미래라면. 부모의 부모도 아직 태어나지 않은 낯선 시간대에 던져져 갱생의 하루하루를 살아야 한다. 등뒤로 닫힌 시간의 감옥 문이 눈앞에서 열리는 그날까지. 원하면 사랑을 할 수 있고 아이도 기를 수 있다. 그래도 미래는 바뀌지 않는다. 유형지의 삶이 얼마나 고독하든 어떻게 다복하든 그들이 과거로 수감되는 미래는 어김없이 도래하리니. 과거가 현재를 결정하는 게 아니다. 현재를 결정하는 것은 미래. 우리는 지나간 미래가 남긴 죄와 기쁨의 흔적에 지나지 않는다.

이것은 나의 상상이 아니다. 이제는 상상인지 현실인지 구분하기도 힘들어진 이 이야기의 씨앗은 어머니에게서 왔다.

재작년 어머니는 내 소설을 읽고 소설 같은 소감을 들려주었다.

「과거로 돌아간다는 것은 참말로 영창 가는 일이여. 다시 돌아가라 그러면 나는 절대로 못 가야.」

시간 여행을 다룬 그 소설은 미래를 바꾸기 위해 점점 더 먼 과거로 돌아가는 흔한 구조였다. 영창이든 감옥이든 그 비슷한 설정도 없었다.

「오늘도 어제 같고 내일도 어제 같고 어제는 기억도 안 나고. 영창살이는 그런 것잉께.」

어머니는 가석방의 희망도 잊어버린 장기 복역수처럼 말했다. 2342년이라는 미래에서 머나먼 과거로 수감된.

「바꾸려고 과거에 매달릴수록 풀려날 길이 없는 법 아니냐. 겪을 만큼 겪다 보면 풀려난지도 모르게 풀려나 있겄제.」

어머니와 나누는 말들이 내 소설 얘기인지 어머니 본인 얘기인지 종잡을 수 없어질 즈음, 나도 모르게 물었다. 삼백여 년 뒤 미래에서 온 어머니에게.

「어머니는 무슨 죄를 지었는데요?」

「옛날에는 알 것도 같았는디 인자는 잘 모르겠다. 지은 게 뭐라도 있을 테지.」

어머니는 풀려날 때가 된 사람처럼 초연한 목소리로 말을 했다.

「왜 하필 지금 여기로 보내졌어요? 하고 많은 시간과 공간 중에.」

이 질문의 답은 듣지 못했다. 내가 어머니에게 묻지 않은 수많은 질문 중 하나였기에.

내가 듣지 못한 수많은 답 가운데 하나는 뜻밖의 장소에 있었다.

어머니를 기억하는 사람은 두부 가게 할머니만이 아니었

다. 대전역에서 내려 택시를 타고 한참을 달려 도착한 참사랑 요양 병원. 그곳에서 만난 한 간호사도 어머니의 얼굴을 알아보았다.

「한두 달에 한 번은 오셨는데 그분이 돌아가시고는 못 봤어요.」

「그분이요?」

「김순영 씨요. 모르는 분이세요?」

김순영 씨가 몇 달 전까지 머물렀다는 병실에 가보았다. 침대 넷 중 둘은 비어 있고 침상의 환자 두 명은 미동도 없이 누워 있었다.

「의식이 희미해진 상태에서도 계속 말을 거셨어요. 이야기를 들려주는 것 같기도 하고.」

간호사가 맨 안쪽 침대를 바라보며 말했다.

「어떤 관계인지는 얘기 안 하시던가요?」

「고향 친구라고 하셨어요.」

시간이 밀봉된 것처럼 적막하고 갑갑한 병실을 빠져나오다 내가 물었다.

「그…… 김순영 할머니 보호자 연락처를 알 수 있을까요?」

「원무과에 한번 알아볼게요. 그런데 그분, 할머니 아니고 할아버지세요.」

*

지금 갈까요?
네. 가도 됩니다. 이젠 돌아갈 수 있어요.

*

과거는 돌아온다. 꿈인지 상상인지 모를 어떤 장면들이 퍼즐 조각처럼 제자리를 찾아 맞물리는 순간이 있다. 꿈인지 상상인지 모를 기억 속에서 나는 누군가의 품에 안겨 있다. 자그마한 몸뚱이를 폭 감싼 널따란 품. 와이셔츠 주머니 안에서 심장이 거인의 발소리처럼 쿵쾅거린다. 어머니도 아버지도 어느 누구도 나를 그렇게 안아 준 적은 없다. 나는 낯선 품에서 빠져나온다. 더 안겨 있다가는 영원히 벗어날 수 없을 것 같아서. 그 사람은 얼굴이 없다. 성큼 내려앉은 해가 뒤통수에 걸려 있어 눈도 코도 입도 보이지 않는다. 나는 납작해진 솜사탕을 핥아먹으며 하늘 높이 올라가는 한 묶음의 풍선들을 바라본다.
어머니와 단둘이 집으로 돌아가는 버스 안에서 나는 잠이 들었을 것이다.

그것은 정말 내 귀에 들린 목소리였을까.

몰라도 돼, 아버지는. 다시 볼 일은 없을 테니까.

집에 도착한 건 늦은 밤이었다.

집 앞 계단에 잔뜩 웅크리고 앉아 있는 아버지가 보였다.

「아버지, 여기서 뭐 하세요?」

아버지는 가느다란 허벅지에 묻고 있던 고개를 천천히 들었다.

「두부 없는 청국장이 청국장이냐고 내가 그랬어야. 두부 그깟 게 뭐시라고.」

아버지가 버림받은 아이처럼 울먹이며 말했다. 버림받은 이유를 찾아내는 데 겨우 성공한 아이처럼 서럽게 울었다.

아버지의 그런 모습은 처음이었다. 내 소설 속에서도 아버지의 분신들은 우는 법이 없었는데. 단 한 사람만 빼고.

사라진 드론 꿀벌들을 찾아 세상 끝까지 간 사내. 만신창이가 되어 빈손으로 집에 돌아간 사내는 두 눈을 의심한다. 사과나무 숲 사이로 수많은 꿀벌이 날아다니고 있는 게 아닌가. 언제 자취를 감췄냐는 듯 부지런히 일하는 벌들을 지나쳐 사내는 사과나무 숲 안쪽으로 들어간다. 한 무리의 벌들이 커다란 원을 그리며 날고 있는 곳을 향해. 그 원의 중심에서 사내가 발견한 것은 죽은 아내였다. 사내는 춤추는 벌들 아래에서

목 놓아 운다. 꿀벌들은 집에 돌아왔지만 사내는 집에 돌아오지 못했다.

  나는 무릎을 꿇고 엉거주춤한 자세로 아버지를 안았다. 겁에 질려 작디작아진 아버지를. 아버지의 두려움이 온몸으로 고스란히 전해 왔다. 두려움은 내 것인지도 몰랐다. 이윽고 아버지의 울음소리가 잦아들더니 새근거리는 숨소리가 들리기 시작했다. 아버지는 잠이 든 것 같았다.

  과거는 미래의 감옥.

  오래도록 충분한 고통을 겪은 자만이 미래로 돌아갈 수 있다. 마주하기 두려운 무언가를 용기 내어 끌어안을 때 시간의 문은 열리나니. 남겨진 자들이 두려움을 놓아 버리고 자유로워지는 순간 비로소 그는 미래로 돌아갈 수 있다.

*

나는 노트북을 열고 바탕화면 맨 위에 있는 문서를 불러낸다.

사람을 찾습니다.
임운주. 나이 83세. 키 165센티미터, 몸무게 54킬로그램,

검정 패딩, 진회색 바지, 검정 워킹화, 구부정한 자세에 절룩거리는 걸음걸이, 치매기 있음.

〈치매기 있음.〉 마지막 다섯 글자를 지운다.
〈구부정한 자세에 절룩거리는 걸음걸이〉도 지운다.
〈검정 워킹화〉도 지운다.
〈진회색 바지〉도 지운다.
〈검정 패딩〉도 지운다.
몸무게도 키도 나이도 지워진다.
남은 건 이름 석 자뿐.
임운주, 숲과 구름과 집.
내일의 날씨를 궁금해하듯 나는 자문하곤 한다.
스물 남짓한 나이에 사백 년 전 과거로 수감된 어머니는 몇 살의 나이로 돌아갔을까.
다시 그 나이로 돌아가 다른 이름의 삶을 살아갈까.
지금 이곳의 삶이 오래전 꿈처럼 희미해지는.
서기 2342년 3월 17일, 세상은 어떤 모습일까.
그때도 사람들은 지나간 것은 지나갔고 다가올 것은 다가오리라 믿으며 살아갈까. 꿀벌들은 일터를 발견하면 열정적인 팔 자 춤으로 친구들을 불러 모을까. 올빼미들은 어둠이

풀어놓는 비밀을 노란 눈동자로 밤새워 연구할까. 누가 알겠
는가. 그날이 정말 화요일이라는 너무 늦거나 일찍 알아 버린
한 조각 미래 말고는.

가짜 생일 파티
심윤경

아기 고양이가 왔다 떠난 석 달간의 시간에 대해서는 이야기하지 않기로 한다. 아직 잔잔한 마음으로 그 녀석을 생각할 수 없고, 때와 장소를 분간하지 않고 순식간에 눈물 콧물 뒤범벅인 그런 꼴이 되어 버리고 싶지 않다. 일상생활은 별 무리 없이 해나가고 있지만 나 혼자만의 세계에서는 아직 애도 기간이다. 온갖 저항을 다 해본 끝에, 내가 저항한들 뿌리칠 수 있는 것이 아직 아니라는 것을 깨달았다. 도대체 이 깊은 슬픔에서 벗어날 수 있기는 한 것인지 아득한 기분이 들기도 한다. 겨우 석 달, 그 녀석과 오랜 시간 인생의 고락을 함께 나눈 것도 아닌데 단 석 달의 시간으로 이렇게 되어 버린 것이 믿어지지 않는다.

    퇴근하고 방문을 여는 순간 오래된 이불처럼 평안하고 포근하게 나를 맞이하던 익숙한 집의 감각은 사라진 지 오래다. 존재의 모든 것을 동원해 떠들썩하게 나를 반기던 그 녀석의 요란스러운 환영 행사가 겨우 석 달 만에 내 삶의 새로운 일상으로 자리 잡았고, 그것이 사라진 지금의 집은 괴괴하기 짝이 없다. 현관 뒤에서 나를 기다리는 고요한 침묵이 휴식의 초대장이었던 시절로 돌아가려 애써 보지만, 그것은 전생처럼 멀어졌다. 이사도 진지하게 고려했는데, 그 생각에 브레이크를 거는 것이라고는 오로지 너무 유난이라고 여길 사람들의 시선밖에 없어서 놀랐다.

  내가 녀석을 만나고 떠나 보낸 과정을 알고 있는 회사 사람들은 나를 미망인처럼 바라보았다. 그들은 처음에는 함께 울어 주기도 하고 이제 괜찮냐고 묻기도 하고, 심지어 다른 녀석을 들이라는 무용한 조언을 건네기도 했지만 이제는 짐짓 모른 체해 주는 단계에 접어들었다. 식후 담배를 즐기던 회사 뒷마당 수풀에서 녀석이 갑자기 튀어나와 내 발목에 매달렸던 순간을 함께 목격하지 않은 걸로, 고양이 용품에 대해 의견을 교환하고 간식이나 소소한 선물들을 주고받은 적이 없었던 걸로, 내 눈 아래를 진하게 두른 검은 애도의 베일이 그들의 눈에 보이지 않는 것으로 행동해 주고 있다. 월급쟁이의 삶을 오래 함께 나눈 사람들의 정이고 눈치다.

녀석이 함께한 시간도 삼 개월, 떠난 지도 삼 개월, 이제는 모든 것이 정상으로 돌아왔다는 생각을 억지로 하려 애쓴다. 이 슬픔에서 벗어날 수 없다는 생각이 아득하게 밀려오면, 함께한 시간의 두 배를 애도로 보내야 이전으로 돌아갈 수 있다고 설명하는 인스타 릴스의 지혜를 믿어 보기로 한다. 다시 석 달이 흐르면 그 녀석이 찾아오기 이전으로 돌아갈 수 있을 것이다. 슬픔을 망각하는 시간이 조금씩 길어지기를 기다리지만, 실은 슬프지 않은 척 처신하는 기술이 능숙해질 뿐이라는 사실에 약간의 두려움을 느끼고 있기도 했다. 언제까지 이런 마음으로 살아가야 하는 걸까? 사람들을 만나 즐겁게 웃고 담소하는 나를 조금 떨어진 어디선가 말없이 쳐다보는 또 다른 나 자신이 있는 채로.

    회사에서 5분 거리에 4성 호텔이 새로 문을 열었다. 오랜 시간 난개발이 이어져 왔던 이 지역에 또 한 번 불균형을 더했을 뿐이기는 하지만 호텔이 지어진다는 소식을 듣자마자 언니를 만나기에 적합한 곳이 생겨 좋다는 생각부터 했다. 회사 근처에는 언니의 취향에 맞을 만한 곳이 없었다. 언니가 좋아할 만한 깔끔한 곳에서 만나려면 오가는 시간이 길어져 오후에 헐레벌떡 복귀해야 했다. 회사에 다닌 연차가 길다 보니 그 정도는 서로 눈감아 주며 지내지만 나는 커피를 텀블러에 담아 와서 사무실 의자에 등을 기대고 오후 업무를 생각하며 한 모금을 음미하는 시간을 좋아한다.

샐러드는 아삭아삭하고 뇨키는 치즈소스가 녹진해서 내 기준에는 합격점이었다. 하지만 오늘 언니에게는 그 무엇도 합격할 수 없는 날이었다. 이마와 입가에 주름이 생길까 봐 애써 반듯하게 펴고 있지만, 그런 날의 언니가 풍기는 독특한 분위기가 있었다. 그런 상태의 언니를 만나는 건 언제나 부담스럽기도 조심스럽기도 한 일이지만 오늘 같은 날은 차라리 다행스럽기도 했다. 언니는 불행감의 광선을 어두운 태양처럼 방사하느라 내 근황을 추궁하지 않았다.

「우유부단해. 어떻게든 돌파구를 찾아내야지, 그저 이것도 안 된다, 저것도 안 된다 답답한 소리만. 벌써 구멍가게 신세가 된 꼬라지 하고는.」

불만의 첫 번째 화살은 형부를 향하고 있었다. 형부는 똑똑하고 착실한 사람이지만 때때로 언니의 눈높이에서 보자면 소심하고 어리석고 무능했다. 형부는 대학 병원 내과 교수였다가 5년 전 몇몇 선후배와 독립했는데, 왠지 그들과 화합하지 못하고 독립해서 다시 개인 병원을 차렸다. 수입은 어떻게 변했는지 모르겠지만 건물의 크기만 놓고 볼 때 확실히 단계별로 작아진 경향이 있기는 했다. 언니는 남편을 유난스럽도록 극진히 챙기는 현모양처형 인간이었는데, 가끔 이렇게 어긋나서 무능하다느니 멍청하다느니 형부에게 억울한 혐의들을 씌울 때가 있었다.

다음 화살은 큰조카에게로 향했다. 그는 며칠 동안 부모를 퉁명스럽게 대한 평범한 중학생에 불과하지만 오늘의 언니에게는 지옥의 불구덩이다. 말대답 한번 없이 얌전하던 큰조카에게 다루기 힘든 사춘기가 시작된 것이 또 2년쯤 되었다.

언니가 이런 분위기일 때, 형부나 조카 편을 들어서는 안 되었다. 다른 이야기를 꺼내도, 시계를 곁눈질해서도 안 된다. 거의 모든 행동이 불길에 기름을 붓는 격이다. 나는 이럴 때 언니를 생각한다. 눈앞의 언니가 아니라 원래의 언니, 애정이 깊고 마음이 여리고 재치가 넘치던 언니를 눈앞에 그리는 거다. 오래전, 내가 미성년자라서 볼 수 없는 뜨거운 로맨스 영화의 장면들을 달콤하게 재현해 주던 언니, 자기도 겨우 20대 초반에 불과하면서 새벽부터 일어나 내가 학교에서 기죽지 않게 꽃처럼 예쁜 도시락을 싸주던 언니, 신혼여행 가방에서 깜짝 놀랍도록 비싸고 아름다운 원피스를 꺼내어 나에게 입히던 언니. 삶이 언니를 덮치기 전, 헌신적이고 사랑스럽던 나의 진짜 언니 이민경이다.

하지만, 추억 속의 언니와 너무 다정한 시간을 보내고 말았다. 나는 어느새 언니가 말을 멈추고 나를 응시하고 있는 것을 깨달았다. 낭패의 긴 숨을 들이마시고, 언니의 비난을 말없이 듣고 좋게 마무리할 약 10분의 시간 여유가 남아 있는지 확인하느라 시계까지 보고 말았다. 딴생각, 한숨, 시계 보기. 언니를 자극하는 최악의 3종 세트다.

「너란 애는 정말.」

「미안해, 언니. 요새 회사 일이 복잡해서 잠깐 딴생각을 했어.」

「나를 바보로 아는구나? 넌 회사 생각을 하지 않았어. 회사 생각을 할 때는 다른 표정이지. 머릿속으로 뭔가 문제를 해결하려고 눈알을 이리저리 굴리는 그런 표정이란 말이야. 넌 지금 그런 얼굴이 아니었어.」

언니의 집요함에 넌더리를 내면서도, 언니가 나의 내면을 예리하게 짚어 내는 기술에 대해서는 인정하지 않을 수가 없었다.

「넌 지금 머릿속에 아주 의미 없는 것들을 집어넣고 진짜 삶에서 도피하는 그런 생각들을 하는 중이었어. 그게 너의 문제야. 삶에서 도피한다고. 딴생각에 빠져 버리면서, 진짜 네 눈앞에 있는 중요한 문제들은 외면해 버리는 거야. 그렇게 맹추 같은 표정을 짓고 감상에 빠져 버리면, 네가 나 몰라라 해

버린 중요한 일들은 다른 사람에게 떠넘겨져 버리고 마는 거지.」

언니가 가차 없이 깎아내린 내 머릿속의 생각들 중에 언니 자신이 가장 큰 부분을 차지했다는 것을 나는 결코 언니에게 이해시킬 수 없을 것이다. 과거의 언니가 그랬던 것처럼 내가 생각하는 것들은 지금 내 곁을 떠났을지언정 여전히 아름다움이라는 가치를 잃지 않는 것들인데, 언니는 바로 그것들을 꼬집어 증오하고 비난하고 있으니 삶이란 이렇게 형언할 수 없이 부조리했다.

「넌 언제 철이 들래? 엄마 아빠가 너를 막내라고 오냐오냐 키워서 그런 삶의 자세가 평생 바뀌지를 않는데, 너도 이제 마흔이 넘었어. 철이 들 때가 됐잖아?」

회사에 복귀해야 할 시간이 째깍째깍 다가오고 있었으므로 언니를 더 이상 자극하지 않는게 상책인 걸 뻔히 알면서도, 나는 참지 못하고 한마디를 하고 말았다.

「내가 중요한 뭘 회피했는데?」

「가족들! 아버지! 너의 인생! 모든 걸 다 피했지! 넌 늘 그런 식으로 쓸데없는 데다 정신을 빼놓고 진짜 중요한 것들은 신둥건둥 흘려보내는 중인 거야! 네가 그렇게 이기적으로 살아서 내가 피해를 보았다고 말하지는 않겠어! 너 또한 내 몫의 인생이라 여기고 받아들인 지 오래니까. 내가 미치겠는 건, 네가 네 인생을 값없이 낭비한다는 거야! 그게 나를 미치게 만들어! 네 인생은 너만의 것이 아니라 많은 것과 연결되어 있어! 네가 너 자신을 모욕하면 우리도, 네 곁에 있는 나와 너를 사랑하는 많은 사람도 함께 모욕받게 되는 거라고! 그걸 아직도 모르겠니?」

언니의 목소리는 흥분으로 떨렸고, 나는 눈꼬리 옆에서 뒷머리 두피까지 감싸는 넓은 피부가 뻣뻣하게 굳어 오기 시작했다. 이곳에 있는 사람들이 원했던 건 그저 적당히 고급스러운 공간에서 우아하고 느긋한 점심시간을 보내는 것뿐이었을 것이다. 나 또한 그랬다. 나와 언니는 그 작은 바람들을 깨뜨리는 존재들이 되어 가고 있었다. 새로 오픈한 호텔 레스토랑의 창가 자리에 나란히 앉은 그들은 이 긴장이 짜증스러우면서도 내가 무슨 일로 내 스스로의 인생을 모욕했는지 옅은 궁금함을 느끼고 있을 것이다.

「그만하자, 언니. 나 이제 돌아가야 해.」

천만다행히 내가 말을 끝내기도 전에 언니가 먼저 벌떡 일어섰다. 할말이 남았다느니, 다시는 볼 일 없다느니 하면서 곤혹스러운 장면을 길게 연장하지 않아서 다행이고, 이 와중에도 밥값을 자기가 계산해야 한다는 한평생의 신념에 집착

해 발걸음을 재촉하고 있는 것은 지극히 언니다웠다. 이만하면 최악은 아니었어, 회사에서 새로 도입한 위기 시스템 CES의 평가 척도로 생각한다면 C0 등급 정도이겠다. 레스토랑을 나서서 엘리베이터를 타고 주차장에 이르는 짧은 침묵을 거치며 자매의 흥분도는 낮아졌다. 언니는 자기가 심했던 것일지도 모르겠다고, 자기가 이런다고 내가 바뀌는 것도 아닌데, 그냥 내 무의미한 눈빛이 견딜 수 없어질 때가 있다고 사과인지 무마인지 모호한 말들을 중얼거렸다. 주차장을 떠나려던 언니는 벤츠 쿠페의 창문을 내리고 마지막 인사를 건넸다.

「그만 좀 잊어. 언제까지 그럴 셈이야?」

언제나 먼지 한 점 없이 청결한 언니의 자동차 뒷번호판을 보면서 그것이 미미에 관한 이야기일 것이라는 것을 뒤늦게 깨달았다. 나는 고양이를 생각하지 않았다. 해명하지 못한 그 사실이 억울함으로 남았다.

보통 이런 정도의 일들은 회사로 복귀하는 엘리베이터의 문이 열리는 순간 잊는 게 보통이었다. 우리 회사는 이 건물의 14층에서 17층까지를 사용했고 우리 위로도 여덟 개 층이 더 있었다. 별다를 것 없는 오후 일상을 맞이하는 덤덤한 얼굴들에는 방금 섭취한 음식과 커피가 주었던 짧은 해방감의 여운이 남아 있었다. 점심 식사를 마치고 복귀하는 직장인 특유의 분위기였고 나는 언제나 그 분위기에 빠르게 동화되었다.

하지만 오늘 나는 그 얼굴들에서 무언가를 찾으려 노력하고 있었다. 그와 내가 인생을 낭비하는 방식. 진짜 중요한 문제들을 회피하고 겨우 회사라는 도피처에 고개를 파묻으려 하는 타조 인간들의 표식들. 비겁한 인상 속에 남아 있을 증거들을 확인하려 엘리베이터의 얼굴들을 집요하게 훑었다. 비겁자들은 나의 이상한 눈빛에 눈에 띄게 긴장하며 서둘러 엘리베이터에서 빠져나갔다. 사무실에는 거의 대부분의 직원들이 돌아와 자리에 앉아 있었다. 모니터를 마주 보고 있는 그들의 뒷모습과 앞모습, 염색한 머릿결의 미세하게 다른 색깔들, 구부정하거나 반듯하거나 하여튼 그들의 비루한 일상을 지탱하는 척추와 어깨의 각도들을 나는 하나하나 눈에 담았다. 인생을 낭비하는 자들. 언니가 나에게 흔히 하는 말이었고 사실 이 건물에 몸을 담은 모든 사람에게 해당되는 말이었다.

이전까지는 좀 짜증스럽기는 했어도 그리 마음에 담아 두지 않았다. 언니는 오래전부터 일찍 세상을 떠난 엄마의 역할을 이어받아 나에게 잔소리를 했고 세상의 엄마들이 그렇듯 나에 대해 과도한 기대와 이런저런 기준들을 적용했다. 사무실의 내 책상에 두고 매일 커피를 마실 때 사용하는 금장 찻잔은 재작년에 언니가 승진 선물로 사준 에르메스 제품이었다. 오르한 파묵의 작품에서 달려 나온 듯한 튀르키예풍의 말들이 우아한 직물을 등에 얹고 앞발을 들어 올린 그 찻잔은 나에게 언제나 언니의 텔레파시를 전달하는 것 같았다. 너 자신을 잊지 말라고. 너는 하늘로 날아오르는 유니콘 같은 아이였고 스스로 그런 존재인 것을 잊어서는 안 된다고.

그렇게 소중하게 키운 여동생이 겨우 여기 와 있는 게 언니에게는 영원한 유감이었다. 언니가 말하는 진짜 삶이 무엇인지 진지하게 생각해 본 적은 없었지만 뭉뚱그려 말하자면 대기업의 최연소 여성 임원이 되거나, 산업계 전문 패널로 미디어 교양 예능 프로그램을 도배하거나, 아니면 어릴 때부터 나 자신을 규정짓는 가장 독보적인 특징이었던 창조성을 발휘해 예술가가 되거나, 하다못해 결혼해서 남편과 아이와 지지고 볶는 기혼녀의 삶이라도 살아 보는 것일 것이었다. 그런 기준들이 분명하게 제시된 적은 없었으나 어찌된 일인지 나는 PPT가 곁들여진 피칭을 듣기라도 한 것처럼 명확하게 알 수 있었다. 내 삶은 언니의 기준들과 애매하게 한 끗씩 비켜 나갔다. 일찍 돌아가신 엄마의 역할을 이어받아 나와 아버지를 돌보고, 일찍 결혼한 뒤로는 유약한 남편과 두 조카들을 돌보느라 자신의 꿈을 펼칠 만한 기회를 박탈당한 언니에게는 나라도 〈진정한 삶〉을 살아 주는 것이 너무나 간절한 소원이었다. 하지만 나 이연경은 여기, 난개발이 이어진 인천 테두리의 신축 건물 17층, 이름을 들으면 아무도 거기가 뭐 하는 곳인지 알지 못하는 성진엠엔텍의 사무실 창가에서 심란한 기분으로 서 있었다.

내가 입사할 당시에는 무역부라고 불렸던 파트너십 팀 미팅을 하면서 나는 서서히 불쾌했던 점심시간을 잊었다. 파트너십 팀에서 올리는 기안은 타 부서와 확연한 질적 차이가 있었다. 모든 내용이 직관적으로 한눈에 들어올 수 있도록 데이터 배치가 적절하고 신중했다. 그 차이가 정확하게 신정윤의 입사를 기점으로 이루어졌다는 것은 누구나 알고 있는 사실이었다. 단순한 그래픽 디스플레잉의 능숙함에만 그치는 것도 아니었다. 알록달록한 여섯 칸의 원그래프로 표현된 것만큼이나 분명하게, 그 프레젠테이션 안에는 무모하다고 할 만큼 대담한 욕망이 보였다. 신정윤은 썰매견이 무거운 짐을 끌고 달리고 싶어하듯이 진짜로 일하고 싶은 욕망을 타고난 사람이었다.

업무는 무어라 말할 필요도 없이 알아서 잘 하지만 늘 차갑게 굳어 있는 얼굴과 짧게 끊어지는 말투 때문에 그를 대하기 어렵다는 속내를 팀원들은 여러 번 하소연했다. 똑똑하고 의욕적인 부하 직원을 거느리는 것이 좋기만 한 일은 아닌 것을 이 정도 회사 짬밥을 먹은 후에는 다들 안다. 회사라는 조직 안에서는 똑똑하든 멍청하든 각자의 방식으로 서로를 괴롭게 만들었다. 일머리가 비상하게 돌아가는 신정윤이 보기에는 이 회사의 모든 것이 어이없고 한심하게 보이겠지만 결국 돈도 일도 모두 사람과 부딪치는 일이었다. 화난 얼굴을 풀고 사람들과 이야기를 나누는 것이 좋다는 것을 차츰 깨닫게 될 것이다.

그렇다고 그에게 가르침을 주는 사람이 될 생각은 없었다. 예전엔 그런 꼰대들이 많았고 지휘자처럼 팔을 휘두르며 침방울이 난무하는 일장 연설을 한 끝에 너만 똑똑하면 다인 줄 아냐는 비아냥으로 마무리하는 더러운 과정을 여러 번 겪었다. 내가 신정윤처럼 똥 씹은 표정으로 살았던 것도 아니고 윗분들의 심기를 즐겁게 하기 위해 강아지처럼 최선을 다하다 들은 소리라 더욱 찬물을 뒤집어쓴 기분이었다. 시간이 흐르며 내가 무엇을 잘못했나 하는 자기 검열을 멈추었다. 내가 똑똑한 척하고 다닌 게 아니라 그들이 젊은 여자 직원에게 그런 말을 꼭 해야 직성이 풀리는 속 좁은 중년 남자들이었을 뿐이었다.

 아무튼 나는 파트너십 팀이 올리는 기안을 좋아했고 회의를 하다가 기분이 풀리는 그런 종류의 사람이었다. 성진엠엔텍은 2005년 이후 반도체 후가공 패키징 과정에서 처음으로 업계 1위에 올라섰고 그 뒤로 2위 업체와의 격차를 조금씩 벌여 왔다. 그 정도의 위치를 지키기도 쉬운 일은 아니었지만 테스팅 분야로 사업 영역을 확장하고 AI 기능을 도입한 전용 테스터를 개발하기에 이르기까지는 말로 설명하기 힘든 우여곡절이 많았다. 2년 넘는 씨름 끝에 개발한 우리 테스터는 6개월 전 대만에서 열린 반도체 박람회에서 호평을 받았지만 매출로 이어지지는 않았다. 기존에 거래가 없던 일본 업체와 접촉해 보겠다고 의욕을 보인 게 신정윤이었다. 그때만 해도 흔한 신입 사원의 패기로 여겨 큰 열의 없는 격려만 해줬는데—기존 업무에 차질이 있어서는 안 된다는 딱 꼰대류의 조언을 덧붙이지 않았더라면 더 좋았을 것이라고 생각한다—얼마 후 견적 요청서를 받아 들고 왔다. 신정윤이 서류 작업만 잘하는 게 아니라는 걸 그때 깨달았다.

 거래 규모가 크지 않았고 단가도 우리가 원하던 조건에 미치지 못했지만 이럴 땐 조건을 생각하지 말자고 밀어붙인 건 나였다. 사실 우리 테스터에서 기능적으로 AI가 담당하는 부분은 크지 않았지만 우리 회사의 정체성을 보다 미래 지향적인 쪽으로 어필할 수 있는 좋은 기회였다. 미디어는 우리가 AI 업계의 주요 업체들과 어깨를 나란히 한 것처럼 흥분한 어조로 기사를 써주었다. 결과적으로 매출보다 홍보 효과를 더 크게 누렸고, 훗날 더 큰 시장의 문을 열어젖히는 첫 발걸음이 되었다.

  테스터로 사업 영역을 확장한 것은 회사의 큰 변곡점이라 할 만했고 개발 과정에서 부딪친 격렬한 경험들도 도파민 분비 회로를 충분히 자극했으나 처음 접하는 일본 업체와 교섭해 작은 거래 실적을 올린 그 과정만큼 만족스럽지는 않았다. 이후 주요 타깃이었던 대만 업체와 본격적인 매출이 발생하기 시작했으나 매출 규모와 짜릿함이 비례하지 않는다는 사실만을 다시 확인했을 뿐이었다. 대표라면 매출과 만족감이 비례할지도 모르겠지만 중간에서 일하는 나는 그렇지 않았다. 묘하게 더 애정과 자부심을 느끼게 되는 작은 일들이 있었다. 거대한 글로벌 반도체 생태계의 일원으로 일한 지 오래되었지만 알고 보면 내가 속한 아주 작은 반경의 일들을 벗어나면 맹탕 무지할 때가 많았다. 도쿄 근교 소도시의 후지 테스트사(社)와 맺은 첫 계약이 주었던 은은한 만족감은 신정윤의 뻣뻣한 얼굴과 다소 삐걱거리는 방식으로 나에게 각인

되어 그를 볼 때마다 불편함과 동시에 아련한 기쁨을 느끼게 되었다.

 회의 중간에 회의실 문이 열리고 홍보 팀의 김 과장과 낯선 젊은 남자가 함께 들어와 빈 의자에 살그머니 앉았다. 나는 잊고 있었던 인터뷰 건을 기억해 냈다. 모 경제 전문지의 기자인 그는 자사 강소 기업 소개 시리즈에 우리 회사를 취재하고 싶다는 의향을 전했고 홍보 팀에서는 좋은 기회라고 여겨서 그를 회사에 초청했다. 30대로 보이는 기자는 나의 학과 후배라고 하면서 회의 일부를 참관하고 이후 나와 따로 인터뷰를 하고 싶다고 했다.

 「저하고 7학번 차이가 나서 뵐 기회는 없었지만 가끔 선배들 통해서 말씀은 전해 들었어요. 기자가 된 이후로 한번 뵈어야겠다고 늘 생각하고 있었어요. 특이한 진로를 선택하셨으니까 아무래도 후배들 사이에 화제가 되곤 했지요.」

 그와 안면은 없었지만 굳이 거절할 명분이 없어서 그러기로 해놓고, 아침에 홍보 팀에서 기억을 되살리는 메시지까지 받아 놓고 그만 까맣게 잊고 있었다. 아무래도 기자를 의식하다 보니 뾰족한 문제나 중요한 숫자들은 슬그머니 덮어 가며 이야기를 하게 되었다. 나는 이런 일들, 그러니까 남을 의식하는 것, 타인에게 잘 보이기 위해 실제보다 더 나은 것처럼 짐짓 하는 행동들을 좋아하지 않았다. 따로 인터뷰도 할 거라면서 굳이 그를 회의에 동석까지 시켜야 하는가 싶기는 했지만 실제 회사 분위기를 느끼고 싶다는 기자 양반의 비위를 맞추고자 하는 홍보 팀의 노력도 이해되는 부분이 있기는 했다. 돈 들이지 않고 홍보가 되는 이런 기회를 마다해서는 안 되는 것이다. 김 빠진 기분이 얼굴에 드러나지 않도록 노력하면서 나는 알맹이 빠진 회의를 듣고 있었다.

그리고 회의를 마무리하려는 무렵에 나에게는 좀 작위적인 게 아닌가 의심스러운 일이 일어났는데, 흔히 MZ라 불리는 회사의 젊은 직원들이, 촛불을 켠 케이크를 받쳐 들고 나타난 것이었다. 오늘은 내 생일이 아니었다. 그러나 그들은 분명 나의 이름을 부르며 생일 축하 노래를 부르고 있었다. 나는 날아가 버린 정신을 수습하느라 다소 얼떨떨한 시간을 보냈다. 손뼉과 폭소 속에, 나는 그것이 〈가짜 생일 파티〉인 것을 깨달았다.

가짜 생일 파티는 2년 전쯤부터 시작된 우리 회사의 새로운 전통이었다. 코비드 팬데믹을 거치며 전통적인 회식이나 사내 모임 문화가 사라졌고 재택근무에서 돌아온 직원들끼리 서먹서먹함을 느끼게 된 분위기를 바꿔 보고자, 회사의 20~30대 신입 직원들이 기획한 파티 이벤트였다. 애들이 뭔

실없는 일을 하자는가 하고 시큰둥하게 여겼지만 막상 겪어 보니 꽤나 흥겨운 순간이 되었다. 각자 생일이 아닌 날에, 정말로 난데없이 케이크와 선물을 받게 되는 것이므로 일찍이 경험하지 못한 진정한 서프라이즈를 느낄 수 있었다. 그리고 그들이 〈생일 대상자〉를 선정하는 것에도 보이지 않는 나름의 기준이 있는 것으로 보였다. 진짜 생일과는 다른 계절에 생일 파티를 열어 보는 새로운 경험을 하도록 했고, 상을 당하거나 큰 시험을 앞두거나 가족이 아프거나 등등 무언가 힘든 일이 있는 것도 보이지 않는 고려의 대상이 되는 듯했다. 아무러하든 가짜 생일 파티는 꽤 반응이 좋은 사내 행사가 되었고 블라인드에 익명의 고백 글이 ─ 뻔한 쇼일 줄 알았는데 막상 받아 보니 눈물이 나더라는 ─ 올라오기도 했다. 그리고 하필 오늘이 내가 바로 그 가짜 생일 케이크를 받는 날이었다.

처음에는, 기자를 부른 자리에서 가짜 생일 파티를 홍보에 써먹다니 앙큼하다는 생각이 들었다. 이런 클리셰라면 뻔하고 지겨울 뿐이다. 나는 이 자리에 가장 적당한 홍보용 가면을 뒤집어쓰고, 후배들의 성의에 아주 깜짝 놀라고 회사 생활에 지독하게 만족하는 중간 간부의 모습을 연기하며 촛불을 불기 위해 입술을 뾰족하게 내밀었는데, 문득 케이크가 꽤나 우스꽝스럽게도 파란 슬리퍼 모양인 것을 깨달았고 지금도 내가 그 낡은 슬리퍼를 신고 있는 것, 석 달 전 회사 뒷마당 수풀에서 난데없는 아기 고양이가 튀어나와 바로 그 슬리퍼에 매달렸던 것, 그리고 그 이후로 이어진 많은 일이 한꺼번에 떠오르고 말았다.

김 대리, 유난히 사람을 좋아하는 외향적인 성격이라 사석에서는 스스럼없이 재은이라고 부르기도 하는 그, 고깔모자를 쓰고 케이크를 받쳐 들고 노래를 부르며 다가온 그와 눈이 마주친 순간 나는 맥없이 허를 찔린 듯 눈물을 보이고 말았다. 슬리퍼 디자인의 케이크는 최소 일주일 전 업체에 미리 이미지를 전달하고 주문해서 제작해야 했을 것이다. 기자의 방문은 어제 갑자기 결정된 일이었다. 총무부의 김재은은 오늘 회의 시간에 기자가 있는 줄을 까맣게 몰랐을 수 있다. 평소 별다른 감정의 기복 없이 덤덤하던 내가 슬리퍼 케이크 앞에서 울컥 눈물을 흘릴 줄도 몰랐을 것이다.

당황한 재은은 서둘러 케이크를 내려놓으려 하다가 케이크를 받쳐 든 한 손을 놓쳤다. 슬리퍼는 이름처럼 케이크판을 주르르 미끄러져서 쏟아질 뻔하다가 테이블에 약간의 크림을 묻히는 정도에서 아슬아슬하게 멈추었다. 재은의 엄지손가락에 파란 크림이 묻었고 허둥지둥 휴지를 건네려던 이 부장은 자기 앞에 놓여 있던 텀블러를 넘어뜨려 커피를 쏟았다.

재은은 손에 묻은 크림보다도 엎어진 커피보다도 내 눈물을 닦는 것이 가장 시급하다고 생각해서 휴지를 나에게 주려다가 내 트위드 재킷 소매에 파란 크림 자국을 남겼다. 모두들 어떡해요, 어떡해요, 라고 외치는 가운데 나는 얼굴에는 눈물이 흐르고 하의에 커피를, 상의에 파란 크림을 바른 채 서 있었다. 재은은 엉망이 된 모든 것을 수습해 보려던 노력을 멈추고 울상을 지었고, 나는 어쩔 수 없다는 표정을 지으며 그에게 두 팔을 벌려 보였다. 모두의 박수 속에 나는 재은과 가볍게 포옹하고 그의 등을 토닥였다.

재은의 어깨에 잠시 내 턱이 닿았던 순간, 조 말론의 우드 세이지 향이 코끝을 스쳤고 파마한 머릿결이 내 귓가를 간지럽혔고, 마지막으로 손바닥에 전해진 따스한 온기. 내 발목은 어느 날 수풀에서 튀어나와 내 발목에 매달렸던 작은 고양이의 체온을 다시 감각하고 있었다. 네 개의 팔다리와 짧은 꼬리까지 제가 가진 모든 것으로 나에게 매달리려던 안간힘. 7만 원짜리 고탄력 스타킹에 몇 개의 구멍을 남기며 온 힘을 다해 밀착한 녀석은 내 발목에 달라붙은 작은 불가사리처럼 보였다. 손바닥만 한 크기로 찾아와 겨우 중고양이에 접어들 무렵 짧은 삶을 마감한 미미. 나도 모르게 재은을 안은 팔에 힘을 주었고, 그는 가만히 내 등을 토닥였다.

온기와 향기와 기억. 폭소와 당황과 갑작스러운 눈물까지 폭넓게 오갔던 감정의 진폭. 종이접시에 담겨 모두에게 한 조각씩 돌아간 우스꽝스럽게 파란 케이크 조각의 달콤함까지. 겨우 몇 분에 불과한 짧은 시간 동안 일어난 일이라고는 믿을 수 없이 많은 감각이 나를 두드렸다. 떠나간 고양이는 아직도 평면이 되지 않은 입체의 기억으로 나를 찾아왔고 그의 몽실한 앞발이 가만히 내 뺨에 닿던 감각의 생생함만큼이나 나는 살아 있었다. 예상치 못하게 나에게 찾아왔던 작은 생명체가 남긴 추억, 그가 덧없이 떠난 뒤 피할 수 없이 남겨진 슬픔, 여기 이 사람들은 내가 주장하는 그 완고한 슬픔의 독점적 소유권에 대해 이의를 제기하고 있다. 우리는 파란 케이크를 나누어 먹듯이, 슬픔과 상실을 꼭꼭 씹어 삼켰다. 자꾸 호흡이 흐트러지는 슬픔과 피식피식 입가를 비집고 나오는 웃음이 교차하는 이상한 순간이었다.

그 와중에도 나는 신정윤의 얼굴을 빠르게 스캔하는 것을 잊지 않았다. 회사나 직장 생활이라는 게 거지 같은 순간들이 숱하기는 하지만 살면서 부대낌이 그만하지 않을 수 있겠는가? 취재하는 것을 완전히 잊은 듯 함박웃음을 지으며 케이크와 커피를 흠뻑 즐기고 있는 저 기자 양반의 얼굴을 보라는 말이지. 그다지 설렘을 주지 않는 오래된 도시의 산업 단지에 속해 있기는 하지만 이만하면 우리 회사는 괜찮은 편이었다. 적어도 노력하는 조직이었다. 근로 공간도 쾌적하게 유지했고 인간관계도 이만하면 부드러웠다. 덕분에 젊은 인력의 신규 충원도 비교적 순조로웠고 평균 근속 연수도 긴 편이었다.

그런 노력의 보이지 않는 제일선에 임원급 중 가장 젊은 내가 서 있었다고 굳이 강조하려는 건 아니다. 어느새 꽤 긴 회사 생활을 했고 많은 일을 겪었다. 내가 겪은 것들 중에 좋은 것들은 물려주고, 괴로웠던 것들은 없애 주고 싶었다. 회사를 지옥으로, 근로 계약을 노예 계약으로, 중소 기업을 좆소 기업으로 아무렇지 않게 부르는 MZ들에게 모두 그런 것은 아니라고 느끼게 해주고 싶었다. 그것은 공익이나 책임감이기도 했지만 무엇보다 나 자신의 자존과 관계 있는 노력이었다.

일하기 싫어하고 워라밸이나 욜로를 목청 높여 부르짖는 젊은이라면 설득의 여지가 없다. 그것은 그의 인생관이니까 나나 회사 쪽에서 기울이는 변변찮은 노력으로 달라지기 어려운 부분일 것이다. 하지만 신정윤은 그런 사람이 아니었다. 그는 일과 직장을 자기 삶의 중요한 일부분으로 삼는 자였다. 입사한 지 1년도 되지 않아 이미 그는 뛰어난 능력과 열정을 보였다. 기술 팀으로 입사했지만 마케팅으로 진로를 바꾼 뒤 더욱 빛을 발한 나와 비슷한 여러 가지 장점을 보여 주고 있었다. 나는 그를 아꼈고 동질감을 느꼈다. 하지만 내 쪽에서 종종 발신하는 애정의 메시지는 암흑 지대를 통과한 듯 분실되어 종적을 잃었다. 어떤 긍정적 반응이나 변화도 돌아오지 않았다. 나는 이 현상을 이해할 수 없어서 종종 혼란에 빠졌다. 내가 잘하고 있는가 곰곰 생각하고 무언가 작은 실마리라도 찾으려는 안테나를 내리지 않았다. 바로 이런 때, 푸석푸석한 직장 생활에 촉촉한 윤기가 감돌 때, 커피와 케이크와 예상치 못한 눈물이 오갈 때 신정윤의 얼굴 속에서 감지되는 어떤 신호들을 찾고자 하는 집착은 어느새 내 회사 생활의 한 부분으로 자리를 잡았다.

신정윤은 볼 안에 커피와 미소를 머금어 그 어느 때보다 부드러웠다. 저 정도 웃는 얼굴이라면 그가 이 순간을 충분히 즐겁게 여겨 함께 동화되고 있다고 판단할 만하다. 사실 나는 신정윤의 굳어지고 신경질적인 얼굴을 불편해하지 않았다. 그의 마음속에 있는 조급한 열망을 나처럼 이해하는 사람도 없을 것이다. 회사에서는 일만 하자! 신정윤은 말없는 온몸으로 그렇게 외치고 있었다. 일을 하란 말이다. 시도 때도 없이 커피를 마시고 군살이나 붙게 하는 주전부리를 권하고 담배를 피우며 수다나 떨지 말고 일을 하자는 말이다. 신정윤에게 가장 중요한 것은 일이었다. 일이 아닌 회사의 모든 것을 그는 무의미하다 여기다 못해 넌더리를 내었다. 나에게도 그런 일면이 있기 때문에 나는 신정윤의 마음을 내 것처럼 느끼곤 했다. 쓸데없는 농담, 휴가 계획의 교환, 등록해 놓고 가지 않는 헬스장에 대한 자조 같은 것들, 흔히 인간관계라고 부르는 귀찮은 것들에 적응하는 데에 나 또한 긴 시간 어려움을 겪었다. 이제는 그것이 왜 꼭 필요한지, 그런 잡스러운 것들이 때때로 예상치 않은 방식으로 일에 개입하고 일을 망치거나 성사시키기도 하는지 오랜 시간을 통해 이해했으므로, 이제는 그것 또한 일의 일부분으로 여기고 누구보다 잘하려 애쓰고 있다.

신정윤이 일과 생활이 가지는 묘한 길항적인 관계를 이해하고 받아들이기를 바랐다. 똑똑하고 열정 넘치는 신정윤이 오래전 내가 겪었던 혼란과 방황의 시간을 조금은 단축할 수 있기를 바랐다. 그것은 아무 대가를 바라지 않는 순수한 애정이라고 할 수 있을 것이다. 신정윤이 나의 진심을 느껴 주기를, 믿어 주기를 기다리고 있다.

신정윤은 회의실을 떠날 때 조금 동작이 굼떠 보였다. 늘 그렇듯 차갑게 굳은 얼굴이었지만 분명히 느낄 수 있는 다른 모습이었다. 나는 그것을 마음속에 가볍게 메모해 두고 후배이기도 한 기자와 인터뷰를 했다. 화공과를 나와서 반도체 후

가공 캐필러리 업체에 취업한 것이 전혀 이상한 일은 아닐 테지만 나는 어딜 가나 이런 질문을 받곤 했다. 왜 성진엠엔텍에 취업했는가? 잠시 머물기만 한 것이 아니라 21년 차 직장인으로 뿌리를 내렸는가? 이른 승진과 출세에 시기나 걸림돌이 되었던 것은? 헤드헌터들이 가만히 내버려두었는가? 이직이나 창업을 고려한 적은 없는가?

21년간 반복된 내 대답은 이렇다. 졸업할 무렵 금융 위기로 취업 시장이 얼어붙었다. 알바 삼아 잠시 일해 보려 했는데 어느새 이만큼 시간이 흘렀다. 대기업에 가지 않은 걸 후회하지는 않는다. 이곳에서 내 역량을 빠르게 펼칠 수 있었다. 굳이 이직할 만큼 대우가 나쁘지 않았고 대기업 조직보다 업무가 다이내믹한 일면도 분명히 있었다. 창업을 생각한 적은 없다. 나는 사업가 체질은 확실히 아니었다. 유학이나 해외 취업도 고려하지 않았다. 출장을 겸한 여러 가지 일로 외국은 부족하지 않게 드나들고 있다.

이런 말들을 반복하면서 나는 성진엠엔텍 상무의 자리에 만족하고 있는 나 자신에 대해 다시 한번 생각해 보게 된다. 이게 그렇게 이상한 삶의 행로일까? 나는 괜찮은데, 진짜로 괜찮은데 말이지. 내가 쓰고 살 만큼은 번다. 결혼도 하지 않았고 아이도 없으니 무언가를 축적하고 남겨야 한다는 부담

감도 없다. 회사 일은 한 번도 순조로울 때가 없었고 이런저런 문제로 늘 머리가 복잡했지만 그건 이 회사가 아니라 어디라도 마찬가지였을 것이다.

역시 AI 테스터에 대한 이런저런 이야기를 나누고 — 회사의 매출상으로는 미미하지만 거의 우리 회사를 AI 업체로 자리매김하고자 하는 게 아닌가 싶기조차 하다 — 후배이기도 한 기자는 회사의 여러 부서와 생산 라인까지 둘러보며 취재를 마친 뒤 좀 이른 시간이기는 하지만 저녁 식사도 함께하고 싶다는 의향을 전달했다. 다소 성가시기는 했지만 내심을 얼굴에 드러내지 않고 그가 원하는 대로 와인을 곁들인 가벼운 저녁 식사까지 함께했다. 식사를 마친 뒤 시계는 7시를 조금 넘긴 시간을 가리키고 있었다. 나는 회사로 돌아가 내일 대표에게 보고할 내용을 최종 손질하기로 결심했다.

회사에서 야근하는 문화가 거의 사라져, 우리 회사가 있는 14~17층 사무실은 대부분 최소 조명만 남기고 모두 퇴근한 뒤였다. 텅 빈 주차장에 주차하고 혼자 엘리베이터에 오를 때 느끼는 아늑함이 있다. 몇 년 전 대표는 상급 임원들이 퇴근 시간 이후 회사에 남아 있지 않도록 신경 쓰라는 엄명을 내렸다. 어쩔 수 없이 야근을 해야 하면 일단 퇴근하는 척 차를 뺐다가 다시 들어오라는 극단적인 세부 지침까지 있었다. 윗사람이 사무실에 있으면 직원들이 눈치 보여서 미적미적 퇴근 시간을 미루게 되고 이는 요즘 젊은 직원들의 퇴사 사유 1순위였다. 잦은 회식, 불분명한 업무 구분, 퇴근 후 업무 연락, 주말 행사, 불필요한 농담이나 경조사나 일상 대화까지, 도대체 무엇 하나 MZ들에게 퇴사 사유 1순위가 아닌 것이 있기나 하던가. 아무튼 대표는 과민하다 싶을 정도로 이런 문제들을 챙기려 했고 그가 이미 60대에 이른 것을 고려하면 그런 면에서 깨인 사람인 것은 분명했다. 칼퇴 보장, 코로나 기간 중 과감하게 인테리어 공사를 단행해 2022년도 오늘의 사무 공간상을 받은 오피스, 점심 식사비 현금 정산, 회식은 분기 1회, 퇴근 후 메신저 금지. 그래 봤자 아무도 모르는 중소 기업이지만 우리는 이런 것들을 지키는 회사로 블라인드에서 나름의 유명세를 얻었다.

 모두 떠나 고요한 사무실을 가끔 나만의 안식처로 여기곤 하는 것을 일중독 증세라고 혹평당하곤 했다. 예전에는 워커홀릭이라는 말이 은근히 명예롭게 쓰이기도 했으나 이제는 누구나 충고와 조언의 욕망을 느끼게 하는 말이었다. 회사는 허상이다. 회사는 내가 아니다. 회사에서 나가는 순간 먼지가 되고 말 나 자신을 발견하게 될 것이다. 진짜 나를 찾고 지키고 가꾸어야 한다. 가족, 취미, 여행, 운동, 재테크, 직장과 관계없는 진짜 친구들.

아무도 없는 복도에서 아무도 묻지 않은 질문에 답하며 나는 내 발자국 소리에 귀를 기울였다. 가족? 언니와 형부와 조카들과 아버지. 취미? 없음. 여행은 출장으로 대체. 운동 항목은 가끔 골프를 치지만 그것도 회사 업무와 관련이 있으므로 제외. 재테크는 별다르게 신경 써본 적 없음. 직장과 관계없는 진짜 친구들?

대학 동창들을 종종 만나기는 하지만 그 시간이 기다려지거나 충분히 즐겁지는 않은 채 오랜 시간이 흘렀다. 그저 그 친구들도 안 만나면 인간관계의 폭이 정말 좁아질 것 같아서 의무감을 가지고 나가는 자리였다. 내가 정말 좋아하는 친구라면 오래전 우리 회사를 담당하던 싹싹한 경제지 산업 담당 기자, 해외 박람회 전시 기획을 맡아 주던 에이전시 직원, 중국 공장을 세울 때 악전고투를 함께하며 서로의 인생사를 속속들이 알게 된 옛 상사 등등이 떠오르는데, 유난히 생각이 잘 맞고 배울 점이 많았던 그들이 이직하거나 퇴직해 업무상 만날 일이 없어진 뒤로도 우리는 종종 시간을 내어 술잔을 기울이곤 했다. 이 사람들도 회사와 관련 있는 사람으로 보아야 하나? 그들까지 회사 관련인으로 분류한다면 내 인간관계는 파멸적으로 회사 중심적이었다.

네 진짜 인생을 살아. 주로 언니에게서 듣는 말이지만 언니의 입을 빌려 온 우주가 나에게 전달하는 메시지라고 보아도 크게 틀리지 않을 것이다.

괜한 생각들로 뒤숭숭해진 텅 빈 복도 끝, 사무실 한 모퉁이에서 어른거리는 나 아닌 다른 사람의 그림자를 발견했을 때, 그러므로 나는 더럭 반가웠다. 그리고 그 그림자의 주인이 누구일지도 바로 눈치챘다. 그는 나처럼 어둑한 복도를 좋아하는 사람이다. 혼자 틀어박힐 작은 알껍데기로 아무도 없는 사무실을 선택하는 사람이다. 나는 그를 알고 있었다. 다른 사람들보다 더.

신정윤은 사무실로 돌아오는 나를 보고 놀라지 않았다. 늘 그렇듯 내심을 알 수 없이 하나뿐인 얼굴, 무표정한 그 얼굴로 고개를 까딱해서 알은체를 하기는 했다. 나는 프린터 앞 파티션을 짚고 발걸음을 멈추었다. 신정윤이 방금 무언가를 출력한 프린터에 여린 온기가 남아 있었다.

「저녁은 먹었어?」

「네.」

대화가 이어질 여지를 남기지 않는 신정윤 식의 화법에는 도무지 적응이 되지 않았지만, 나는 모처럼 주변 시선이 없어진 오늘 좀 더 솔직하게 한 발짝 다가가 보기로 했다.

「이번에 올린 홍콩 이노엑스 박람회 출품 기안 좋았어. 우리 AI 테스터를 헬스 케어 섹터에 적용하는 아이디어, 그거 쉽지 않은 거였는데 방법을 제시한 것도 좋았고. 아직 더 생각할 게 많이 있기는 하지만.」

신정윤의 기획력은 후지 테스트 계약 이후로도 멈추지 않았다. AI라는 키워드로 우리 회사가 분에 넘치는 조명을 받았듯이 고령화 사회를 목전에 둔 지금 헬스 케어라는 단어도 일종의 마력을 가지고 있었다. 신정윤은 그런 파악력이 빨랐고 어떻게든 목표에 다가가는 현실적인 방법들을 제시했다. 나를 포함한 〈윗선〉에서 그의 능력에 주목하고 기대하고 있음을 알리고 싶었다.

이제 입사한 지 갓 1년을 넘겼을 뿐이고 학벌도 그리 좋은 편이 아니었지만 그의 능력은 누가 보아도 뛰어났고 놓치지 말아야 할 인재였다. 노력하는 중소 기업이라고 해도 우리 회사는 어느새 단단히 경직된 위계질서에 포획된 평범한 회사에 불과했다. 나는 마음속으로 신정윤이 마음껏 능력을 발휘할 수 있는 어떤 새로운 포지션을 만들 수 있을지 궁리하고 있었다. 그를 전폭적으로 밀어주고 싶었다. 그런 이야기들을 언젠가 허심탄회하게 나누고 싶었다.

하지만 저 아이는, 이대로 곧 깨질 얼음장같이 차갑고 투명하고 위태로운 얼굴의 저 아이는 이런 대화를 나누고 싶어 하지 않는 것 같았다. 손마디가 하얘지도록 힘을 주고 있는 손. 그가 손에 쥐고 있는 애플 펜슬이나 그의 손가락, 둘 중 하나는 부러지지 않을까 싶게 불필요한 악력이었다.

「회사 생활은 어때? 정윤 씨는 요새 무슨 생각을 하고 있는지 궁금한데.」

나는 그것이 안타까웠다. 다가오는 모든 이를 밀어내는 신정윤의 척력. 우호 세력까지 배척하는 매몰찬 기운. 그것은 스스로를 해칠 것이다. 경계하는 눈빛을 거두고 다가오는 손길을 마주 잡는 용기도 필요하다.

「솔직하게 말해 줄 수 있을까?」

「정말로 듣고 싶으세요?」

「응. 듣고 싶어.」

〈겨울왕국〉의 엘사처럼 점점 파란빛이 되어 가던 신정윤이 마침내 더운 한숨을 뿜어냈다. 다 포기했다는 듯이, 이제는 어쩔 수 없다는 듯이 그는 드디어 고개를 돌려 나를 똑바로 마주보았다.

「저는 상무님께 궁금한 것이 있었어요. 제가 올린 기획서, 그거 몇 줄 고치시면 그게 상무님 것이 되나요?」

신정윤이 쥐고 있던 펜슬을 던져 내 이마에 꽂았다고 해도 그렇게 놀라지는 않았을 것이다. 북극해의 얼음물을 정수리에 끼얹은 것처럼 광대뼈와 목덜미, 뒷덜미와 척주 기립근이 차례로 차갑게 굳어 갔고 머릿속에서 수백만, 수천만 가지의 장면과 목소리가 두서없이 엇갈렸는데, 그것들은 도무지 일목요연하지 않아 나도 내가 무슨 생각을 하고 있는지 알 수 없었다.

「중요한 수정도 아니고, 겨우 몇 글자, 하지만 꼭 손을 대시던데, 왜 일을 그런 방식으로 하셔야 하는지 늘 궁금했어요.」

그 두서없는 생각들 중에 예를 들자면 첫 해외 출장으로 베트남에 갔을 때, 동행했던 남자 직원들이 나를 마사지 숍에 넣어 두고 그들은 어딘지 다른 곳으로 사라졌던 장면 같은. 낯선 곳에 홀로 남겨져 두렵기도 했고 마사지가 끝나면 혼자 알아서 숙소로 돌아가야 하는지, 그들이 돌아오기를 기다려야 하는지 혼란스러웠고, 그들이 다시 나타난다면 어떤 표정과 목소리로 그들을 대해야 하는지, 그 와중에 스며든 한 줄기 수치심 같은 것들이 신정윤 앞에서 갑자기 떠올랐다.

신정윤이 올린 기안에 상급자로서 내가 몇 줄을 수정한 것, 그것이 질문을 받을 일이기나 한가? 회사 서류를 개인의 예술 작품으로 여기는 신정윤의 자의식 과잉. 그리고 언니가 늘 가짜 인생에 시간을 낭비하지 말고 네 진짜 인생을 찾으라고

요구하던 목소리 같은 그런 것들. 대충 뭉쳐 놓은 찰기 없는 밀가루 반죽처럼 수많은 것이 한데 뭉쳐 머릿속에 떠오르고 스러졌다.

다행이랄까, 그 순간 떠오른 모든 생각은 깜찍한 뇌가 부리는 마술 같은 것이라서, 내 인생 전체의 당혹스런 순간들을 한데 압축하듯이 수많은 음성과 장면이 흘러갔으나 실제 삼차원 지구에서 흐른 시간은 겨우 1초도 되지 않았다. 나는 신정윤을 내려다보면서 아주 깜짝 놀랐다는 표정을 짓고 하, 짧은 탄식을 내뿜었을 뿐이었다.

「그랬구나. 내가 손을 댔어.」

그리고 나는 뒤돌아 내 사무실을 향했다. 복도는 충분히 길었다. 위엄을 잃지 않은 뒷모습, 그것이 무엇을 의미하는지는 모르겠지만 지금 나에게 필요한 유일한 것이 그뿐이라는 점은 알 수 있었다. 이날까지 나를 살아남게 한 중요한 직관이다. 나는 그것에 한없이 집중하여 사무실의 문을 닫은 뒤에도 꼿꼿한 뒷모습의 긴장감을 놓지 않았다. 왕처럼 당당하게. 그 의미는 나중에 생각하기로 한다. 지금은 무너지지 않은 뒷모습, 그것만이 중요했다.

멈추지 않고 계속된 당당한 발걸음은 그 자체로 어떤 치유의 암시를 가져, 긴 복도를 지나 내 방의 문을 열고 데스크 아래 다소곳이 놓인 낡은 파란 슬리퍼와 허먼 밀러 오피스 체어를 그대로 지나쳐 (이것도 언니가 선물한 것이다!) 창가에 이르러 더 갈 곳을 잃은 뒤에도 나는 그것을 계속하고자 하는 강한 욕구를 느꼈다. 지구 끝까지 왕처럼 당당한 발걸음을 계속하고 싶었지만, 비슷한 높이에 이른 몇몇 이웃 건물과 야트막한 오래된 공장들이 뒤죽박죽 뒤섞인 풍경 앞에서 나는 강제로 걸음을 멈추는 수밖에 없었다. 상실감을 느끼며 나는 몸을 좀 더 밀어붙여 유리창에 이마를 가져다 대었다. 유리창이 전해 준 차가운 냉기가 멈춘 발걸음을 대신해 위안이 되어 주었다. 겨우 15도 각도로 비스듬하게 열릴 뿐인 옹색한 창문도 최대한 밀어젖혔다. 삶의 온기를 견딜 수 없는 순간이 있다. 이제 막 어둠이 내리기 시작한 저녁, 아직 봄이 오지 않은 2월의 창가. 지금은 차가움만을 호흡할 수 있다.

히치하이킹
전성태

승호는 지영을 데리고 느티나무 그늘로 뛰어들었다. 흙냄새가 매캐하게 피어오르고 호수 쪽이 자우룩해졌다. 선착장, 섬, 출렁다리가 부옇게 물러났다. 호수 건너 단풍 든 숲이 뭉개져 보였다. 밭에서는 마른 옥수숫대가 후줄근히 젖고 있었다. 나무 그늘까지 무거워져서 굵은 빗방울이 선뜩하니 등을 두드렸다.

승호는 지영의 어깨에서 배낭을 벗겨 내고 나무 밑으로 더 깊이 끌어당겼다. 그는 지영의 어깨를 감싸고 있었는데, 떨리는 몸이 느껴졌다. 그들은 빗줄기가 점점 굵어지는 걸 맥맥하게 바라보았다. 일기 예보가 있었지만 소나기는 늦은 오후에 나 비칠 것으로 알아서 급습을 당한 기분이었다. 국지성 호우인지도 몰랐다.

「버스 시간 좀 알아보고 올게.」

승호가 지영에게 배낭을 안기며 빗속으로 뛰어들었다. 그는 방금 나온 모텔로 뛰어갔다.

지난봄에는 이 호수를 승호뿐 아니라 영호도 함께 찾았다. 지영이 영호를 면회 오는 길에 승호가 동행했다. 영호가 막 일병으로 진급하던 때였다. 셋은 대학교의 단짝 동기들이었고 지영과 영호는 연인 사이였다.

「우리 포대 진지가 저 산자락이야. 옥수수밭 보이지? 거기 밭 가운데에 오두막이 한 채 있어. 폐가인데 마당에 펌프질로 뽑아 올리는 우물이 아직 살아 있어. 지난번 훈련 때 물 찾아 들어갔다가 마당에서 여기 나루를 내려다보는데 야, 울컥 설움이 북받치는 거야. 너희도 막 보고 싶고. 언젠가 꼭 다시, 이런 모습이 아닌 다른 모습으로 한번 와봐야겠다고 생각했어. 군인만이 느끼는 마음이야. 군복 벗으면 다음에 우리 함께 놀러 오자.」

오두막은 보이지 않았다. 지영은 끝없이 펼쳐진 옥수수밭을 헤치며 그 집을 찾아가 보고 싶었다. 정작 영호가 말한 마음 같은 건 발견하지 못할 테지만 영호에게 작별 인사쯤은 할 수 있을 것 같았다. 오두막은 이제 영호만의 것이었다. 아마 영호는 전역을 하고 나서 어느 날 혼자 이곳을 다시 찾아올지 모른다. 그렇게 생각하자 지영은 눈물이 핑 돌았다. 그녀는 영호를 앞에 세워 둔 듯 중얼거렸다.

「미안해, 영호야.」

오래 담아 둔 말을 처음으로 소리 내서 말해 보는 것 같았다. 눈물이 났고 울음이 커졌다. 비가 와서 다행이었다. 지영은 손수건으로 낯을 훔치고 코를 풀었다.

선착장 아래쪽으로부터 중년 남자가 나타났다. 그는 이내 몸을 드러냈는데 검은 양복 차림이었다. 이미 흠뻑 젖은 그는 비를 피할 마음도 없는지 느릿느릿 주차장으로 올라왔다. 그는 무엇을 두고 온 사람처럼 발걸음을 세우고 호수 쪽을 돌아보기도 했다.

「버스는 한 시간은 기다려야 된대.」

승호가 돌아왔다.

「식당으로 들어갈까?」

승호는 푹 젖어서 바람막이 점퍼의 어깨 부위가 몸에 달라붙어 있었다.

「저 승용차를 잡아 볼래?」

지영이 말했다. 선착장에서 올라온 남자가 차에 오르고 있었다.

검은색 구형 그랜저가 다가오자 지영이 손짓해 세웠다. 차가 멈추었으나 짙게 착색한 창문은 내려오지 않았다. 지영은 허리를 굽히고 남자의 실루엣만 보이는 운전석을 초조하게 바라보았다. 이윽고 차창이 내려졌다. 남자는 생각보다 흠뻑 젖어 있었다. 머리에서는 아직 빗물이 듣고 있었고 젖은 얼굴이 파리했다. 남자가 왠지 무방비 상태에 놓인 것처럼 보여 지영은 주춤 물러섰다. 남자는 말없이 지영과 승호를 번갈아 보았다. 승호가 허리를 굽히며 물었다.

「삼거리까지만 태워 주실래요?」

남자는 바로 응답하지 않았다. 붉게 충혈된 눈에 예의 쏘는 듯한 시선으로 그는 지영과 승호를 훑어보았다. 상대가 민망할 정도로 노골적이었다. 머잖아 남자는 고개를 끄덕였다.

「감사합니다.」

두 사람은 서둘러 뒷좌석으로 올랐다. 다시 남자는 백미러를 통해 두 사람을 물끄러미 바라보았다. 승호와 지영은 등도 대지 못한 채 엉거주춤 앉아 있었다. 남자가 입을 열었다.

「신분증 좀 봅시다.」

차를 얻어 탄 대가치고는 참으로 황당한 요구였다. 승호는 그만 내릴 심산으로 지영의 손을 더듬었다. 지영이 스치듯 승호의 손을 잡았다 놓고는 배낭 단추를 풀었다. 승호도 주섬주섬 지갑을 꺼냈다.

「……대학생들?」

승호가 네, 하고 경계하며 대답했다.

남자는 신분증을 돌려주고 조수석에서 수건을 들어 자신의 머리를 훔쳐 냈다. 그는 씻고 난 사람처럼 목덜미와 낯을 꼼꼼하게 닦아 냈다. 그는 두 사람을 태운 것도 아랑곳하지 않은 사람처럼 행동했다. 이윽고 차를 출발시켰다. 선착장에서 도로로 오르는 길은 경사진 길이었는데 남자는 자갈 더미가 밀리도록 거칠게 차를 몰아 올렸다.

삼거리까지 십 분 정도 지방 도로를 달리는 동안 남자는 입을 열지 않았다. 여전히 운전이 거칠었다. 빗길인 데다가 구불구불한 내리막 도로를 속도도 줄이지 않고 운전했다. 중앙선을 무시로 넘나들기도 했다.

마침내 강어귀에 다다랐고, 다리 끝에서 차는 멈췄다. 승호와 지영은 눌린 숨을 조용히 뱉어 냈다. 식당들이 늘어선 상가가 나타났고 길은 두 갈래로 나누어지고 있었다. 왼쪽으로는 읍내 방향이었고 오른쪽으로는 댐 방향이었다. 산정의 호수에서보다 비가 한결 누그러져 있었다. 남자는 자신은 댐 쪽으로 가야 한다고 말했다. 그는 백미러로 승호를 바라보았다.

「읍내 쪽으로 나갈 거죠?」

승호는 그렇다고 대답했다.

「담배 있으면 한 개비만 얻읍시다.」
「안 피우는데요.」
남자는 운전대 쪽으로 바짝 고개를 디밀고 빗속을 내다보았다. 길 건너 오른쪽으로 삼십 미터 남짓 떨어진 곳에 구멍가게가 보였고, 그 길가에는 정류장 표지판도 서 있었다. 남자는 그쪽으로 차를 몰았다. 승호와 지영이 차에서 내리기 전에 남자가 말했다.
「아깐 미안했어요, 누굴 태울 입장이 아니라서.」
「태워 줘서 고맙습니다. 갑자기 비가 내려서 당황했어요. 버스는 없고…….」
승호가 말하자 남자가 뒷좌석으로 몸을 돌렸다.
「읍내까지 태워다 주면 좋겠지만 댐 쪽에 보트를 불러 놨어요.」
세 사람은 차에서 내렸다. 승호와 지영은 인사를 하고 정류장으로 걸어갔다. 남자는 가게 미닫이를 밀고 들어갔다. 정류장에 버스 시간표 따위는 붙어 있지 않았다.
「우리도 가볼까?」
승호가 조심스럽게 물었다.
「어딜?」
「댐 쪽. 여기까지 와서 유람선도 못 탔잖아.」

「너무 신경 쓰지 마. 유람선을 타겠다고 온 것도 아닌데 뭘.」
지영이 여행 목적을 환기하는 것 같아서 승호는 잠시 말을 잃었다.
「저 사람 취한 것 같아.」
지영이 얼버무리듯 말했다. 승호는 남자가 가게에서 나와 파라솔 밑에서 담배를 무는 걸 바라보았다. 남자와 눈이 마주치자 승호는 고개를 숙여 한 번 더 인사했다. 승호는 강과 강 너머로 불쑥 솟은 산을 바라보았다. 안개가 산을 덮어서 봉우리 쪽을 삼키고 있었다.
「이대로 돌아가면…….」
승호는 한숨을 내쉬었다.
고개를 내려뜨린 지영은 아무 대답이 없었다. 우리 다시 볼 수 있을까? 승호는 묻고 싶을 것이다. 영호는 면회 신청에 응하지 않았다. 승호 입장에서는 영호가 개입되지 않는 둘만의 여행이 더 진행되었으면 하고 바라는 눈치였다. 그건 지영도 마찬가지였다. 그들만의 히스토리를 남기지 못하고 돌아간다면 둘의 관계를, 시간을 어디에서부터 다시 대야 할지 모를 것 같았다.

남자는 서울에서 온 장(張)이라고 자신을 소개했다. 아까

와는 달리 그는 차를 한결 부드럽게 몰았다. 통성명이 끝나자마자 승호를 〈아우〉라 부르고 말도 낮췄다. 삼거리에서부터 승호는 조수석에 앉았는데 남자는 그에게 이것저것 물으며 제법 말을 걸어왔다. 덕분에 차를 얻어 탄 사람으로서 긴장이라든가 불편한 마음이 조금 누그러졌다.

「어떻게 이곳까지 왔어?」

「면회 왔습니다, 친구.」

승호는 대답해 놓고 뒷좌석을 힐끔 돌아보았다. 지영이 눈을 감고 앉아 있었다.

「친구가 힘든 데서 근무하는군. 이 일대가 파월 장병들 훈련도 시켰던 곳이야. 삼청 교육대도 있었고. 전쟁 때는 중공군이 엄청 죽었지. 아우는 군대를 다녀왔어?」

「아직 안 갔습니다.」

「내 아까 주민증도 까고 그래서 미안해. 누가 달라붙었는지 몰라서 말이야. 사실 오늘 동생 유골을 호수에 뿌렸거든.」

장은 사채 시장에서 일한 동생 이야기를 했는데, 동생이 열흘 전에 칼을 맞았다고 했다. 가만히 들어 보니 어깨 세계의 동생 이야기가 아니라 친동기 이야기를 하고 있었다. 장은 표정 한번 흔들리지 않고 제 가슴과 배를 세 군데나 짚어 가며 망자가 가격당한 부위를 설명했다. 그가 스스로 입을 열어 밝히지는 않았지만 말버릇이나 행동거지로 미루어 그 역시 건달로 나이 든 사람이 아닌가 싶었다.
　승호가 좀 긴장하여 물었다.
「어떻게 이쪽으로 모셨어요?」
「고향. 지금 가는 댐 쪽이 우리 형제 고향이야. 피붙이라고는 우리 둘뿐인데 이제 나 혼자 남았어. 형으로서 내 미안한 게 많지. 고향을 지척에 두고도 그 언저리에다가 뿌렸으니…… 하긴 죽은 놈한테 고향이 무슨 소용이야.」
　지방 도로는 골짜기 같은 지형에 놓여 있었고, 강을 끼고 있었다. 비 그친 강에서는 안개가 오르고 길모퉁이로도 안개가 낙석처럼 떨어져 시야를 막기도 했다. 산 고랑이며 시내에서 물 씻겨 내리는 소리가 요란했다. 축축하고 차가운 공기가 차창으로 밀려들었다. 장은 길 가운데에 차를 세우고 내렸다. 소변을 보려는 눈치였다. 그는 뒤통수만 보일 때까지 냇가로 내려갔다.
　승호는 점퍼를 벗어 지영의 어깨에 덮어 주었다. 지영이 점퍼를 목으로 끌어 올리며 말했다.
「저 아저씨 경찰인 줄 알았어.」
　지영이 의외로 차분한 목소리로 말했다. 승호는 옷깃을 여미 주며 말했다.

「댐에 도착하면 우리끼리 여행하자.」
「계속 우리가 뭔가 미루고 있는 것 같지 않아?」
지영의 목소리에는 짜증이 배어 있었다. 승호는 저도 모르게 발끈하는 마음이 들었다.
「너는 무슨 수가 있어?」
대번에 지영의 눈에 눈물이 글썽거렸다. 승호는 그녀가 마치 눈물로 모든 걸 해결하려는 듯 짜증스러웠다.
「나는 영호를 못 만난 상황이 불편한 게 아니라 지금 네 모습이 더 불편해. 솔직히 너도 영호를 못 만나리라 생각하고 있었던 거 아냐?」
지영은 아랫입술을 깨물었다.
장이 언덕을 올라왔다. 승호가 돌아앉았다.
장이 오디오를 켰다. 〈립스틱 짙게 바르고〉가 흘러나왔다.
「임주리가 세상을 좀 아는 가수지.」
장이 말했다. 승호가 끼어들었다.
「지영이도 그 노래는 꽤 부릅니다.」
지영이 승호를 흘겨보았다. 승호는 지금 소심한 복수를 하려는 것 같았다. 승호는 외면을 하고 딴청을 부렸다.
「그래? 어디 한번 들어 보자.」
장이 재촉했다.

「노래방에서나 좀 하지 그냥은 못해요.」

「에이, 해봐!」

지영이 뺐으나 장은 오금을 박듯 오디오의 정지 버튼을 눌렀다.

「잘 못하는데…….」

지영이 쑥스러워하며 노래를 불렀다. 평소 그저 청승맞은 노래려니 했던 승호도 막상 이런 곳에서 지영의 목소리로 듣고 보니 쓸쓸한 마음이 차올랐다. 콧노래로 따라 부르던 장도 비슷한 감회였는지 노래가 끝날 무렵에는 아, 잘하네, 하며 눈구석을 훔쳐 냈다.

「여기 고향에 말이야, 옛 애인이 사는데 이제 한번 보고 싶구먼. 만날 수 있을까?」

「첫사랑이요?」

지영이 되물었다. 그녀는 한결 마음이 홀가분해진 표정이었다.

「고향 떠나기 전이었으니 이십오 년은 됐지.」

「와, 저 터널 좀 봐!」

지영이 장과 승호의 어깨 사이로 얼굴을 내밀며 말했다. 정확히 터널이라기보다는 터널 안내판을 보고 외치는 소리였다. 1,986미터의 터널이 아가리를 벌리고 있었다. 짐승의 뱃

속으로 드는 듯하고 터널은 끝날 것 같지 않았다. 차는 마치 탈출하듯 터널을 빠져나왔다. 구절양장의 내리막길이 펼쳐졌다. 비 뒤끝이라 산색은 더욱 짙어졌고 봉우리엔 구름이, 골짜기에는 안개가 서려 마치 구름 위를 달리는 느낌이었다. 안개 속으로 짙푸른 호수 한 자락이 언뜻 내려다보였다.

「구름이 가까워 옷이 젖는다는 말이 있는 곳이지. 구름이 나 넘는 고개에 길이 났으니 세상이 참 많이 변한 거야, 응?」

그렇게 중얼거린 장이 길가로 차를 굴려 세웠다. 그는 눈을 좀 붙였다가 가자고 했다. 아직 술기운이 남은 탓인지 눈자위가 붉었다. 좌석을 젖히자마자 그는 곧바로 코를 골았다.

장이 잠든 사이 승호와 지영은 길가로 나와 앉았다. 차갑고 습한 바람이 불어왔다. 오후로 기운 햇살이 억새나 구절초 꽃에서 덧없이 부서졌다.

어젯밤은 모텔에 든 게 처음은 아니었는데도 그들은 처음보다 더 어색하게 하룻밤을 보냈다. 승호는 밤새 이 여행을 후회했다. 처음부터 말이 되지 않았다. 소식을 들어서 빤히 알고 있는 영호에게 사과를 하러 오겠다는 그들의 처사 자체가 말이 되지 않았다. 지영이 힘들어해서 선택한 여행이었지만 꼭 그럴 필요가 있었을까. 영호의 마음은 헤아리지 못하고 자기들 편하자고 벌인 짓이 아니고 무엇일까.

지영이 어깨를 가만히 기대어 왔다.

「오늘 중으로 돌아갈 수 있을까?」

지영이 강아지풀을 뽑아 까닥거리며 물었다.

「내가 너무 나쁜 애 같아. 너무 힘들어. 너도 그렇지? 우리가 지금 다시 돌아갈 수 없는 길을 가고 있다면 얼마나 좋을까.」

지영이 승호의 가슴에 얼굴을 묻어 왔다. 승호가 안아 주며 말했다.

「우리 이제 우리 길을 가자. 영호한테 미안한 마음은 계속 갖고 살면서 우리 길을 갔으면 좋겠어.」

「이 새끼가 성질 건드리고 있네.」

장이 지르는 고함에 승호와 지영은 깜짝 놀라 몸을 떨어뜨렸다. 그들은 길가에서 일어났다. 언제 깼는지 장이 휴대폰에 대고 소리치고 있었다.

「내가 이십오 년 만에 고향에 돌아왔는데 보트 하나 못 대준단 말이지? 너 나한테 그러면 안 돼. 다른 사람은 몰라도 너는 그러면 안 되지. 십 분 뒤에 선착장으로 갈 테니까 보트 대라고!」

그는 거칠게 휴대폰을 조수석에 내던졌다. 분이 안 풀리는지 장은 담배를 물고 나서도 계속 욕설을 뱉었다. 승호와 지영은 다시금 불안해졌다. 차가 출발하고 한동안 장은 화난 얼굴을 풀지 않았다.

「아우님들, 내 부탁이 하나 있어.」

멀리 내리막길 끝에 댐이 보일 무렵 장이 입을 열었다.

「이따가 마을에 들면 말이야……. 내 밑에서 일하는 아우님들처럼 행동해 줘.」

그래 놓고 그는 조금 계면쩍게 웃었다.

「명색이 고향이잖아.」

차는 선착장으로 이어지는 급경사로 내달렸다. 넓은 주차장 초입에 마을 여자들로 보이는 초로의 주차 요원들이 앉아 있다가 승용차를 보곤 황급히 일어나는 모습이 보였다. 여자 셋은 차를 세우라고 손을 위아래로 흔들었다. 그러고 보니 붉은 노끈으로 줄을 친 게 차량을 통제하며 주차료를 받는 모양이었다.

장은 차를 세우지 않았다. 그는 액션 영화처럼 줄을 끊고 선착장까지 돌진했다. 그 서슬에 붉은 노끈을 맨 간이 의자 두 개가 차에 끌려 왔다. 차가 멈춰 서자 여자들이 허겁지겁 달려왔다. 모두 〈안내〉라고 쓰인 완장을 차고 있었다.

「고향 오는 데 돈 받는 인심은 뭐야?」

장이 쏘아붙였다. 아낙은 멈칫해서 고개를 창으로 디밀고 장을 훑어보았다. 뒤에서 구경하던 여자 둘도 허리를 접었다. 한 여자 입에서 〈오마나!〉 하는 탄성이 새어 나왔다.

 선착장으로 모터보트 한 대가 들어왔고, 아낙들이 수군거리며 떨어져 갔다. 장은 선착장 끝으로 차를 몰았다. 보트를 몰고 온 사내는 머리가 허연 초로의 노인이었는데 장이 대번에 흥, 하고 쏘아붙이는 게 아까 통화한 상대인 모양이었다.

 보트를 앞에 두고 승호는 멈칫했다. 이제 그만 작별을 하려고 기회를 엿보고 있었다. 장이 말할 틈도 주지 않고 보트로 훌쩍 올라섰다. 그는 선착장에 선 승호와 지영을 향해 소리쳤다.

「아우님들, 잠깐 들어갔다가 나오자고!」

 승호는 난감한 표정으로 지영을 바라보았다. 지영이 완강하게 거부한다면 그는 이만 장과 헤어질 셈이었다. 그러나 지영이 어떤 망설임도 없이 보트로 손을 내밀었다.

 장이 손을 끌어 주었다. 승호는 어리둥절해서 보트로 뛰어올랐다.

 장은 보트 뒤끝에 자리를 잡고 앉았는데 키를 잡은 노인과 마주 보는 자세가 되었다. 노인이 보트를 천천히 몰아 선착장을 빠져나갔다. 노인은 아랫입술을 지그시 물고 있었다. 평소 힘쓰느라 생긴 버릇 같기도 했고, 뭔가를 견디는 표정 같기도 했다.

「형님, 많이 늦었수다.」

장이 시비조로 말했다.

「아깐 낚시꾼 손님이 많아서 그랬어. 이해하게.」

장은 더 입을 열지 않았다. 그는 고개를 모로 틀고 앉아서 호수로 눈길을 던져 버렸다. 승호에게는 그답지 않게 얼마간 쓸쓸해 보였다.

보트는 호수를 가로질러 갔다. 보트가 물 가운데로 나오자 장이 자리를 고쳐 앉았다.

「솔경지에 내려 주쇼. 더러워서 내 걸어 들어가고 말지.」

여전히 쌀쌀맞은 목소리였다. 호수는 전체적으로 물이 빠져서 북쪽 호안에는 개펄이 꽤 너르게 드러나 있었다. 경사진 언덕은 밭이었고, 그 위에 농가 한 채가 올라앉아 있었다. 선착장이랄 것도 없이 바위 하나 놓인 호수 기슭에 보트는 닿았다. 노인이 간짓대로 보트를 고정하고 있는 동안 세 사람은 차례로 모래땅으로 뛰어내렸다.

「저녁은 우리 집에 와서 들게.」

노인이 말했다. 장은 언덕으로 난 오솔길로 올라서서 대꾸도 없이 걸어갔다. 승호와 지영이 노인에게 인사를 대신했다.

장을 쫓아간 승호가 숨을 헐떡거리며 말했다.

「저희들은 오늘 나가 봐야 하는데요.」

「그렇게 못된 놈 쳐다보듯 하지 마. 기왕 여기까지 꿰어 왔으니 내 고향을 구경시켜 줘야지. 해거름에는 나갈 수 있을 거야.」

승용차나 겨우 한 대 구를 만한 오솔길이 호수를 내려다보며 뻗어 있었다. 풀이 길 가운데까지 자라 있었다. 오솔길을 얼마쯤 걷다 보니 산속으로 가지를 치듯 샛길이 나왔다.

「여기는 불로 한 번, 물로 한 번 망한 곳이야. 전쟁과 댐 말이야. 이제 세월이 망쳐 놓고 있어. 인생이 꼬이다 보니 학교 다닌 시간보다 큰집 들락거린 시간이 더 많았어도 아주 가끔은 여기 꿈을 꾸곤 했지.」

승호와 지영은 손을 잡고 장의 뒤를 따랐다. 보트에서 내리고 반 시간은 족히 숲길을 걸어 들어온 듯싶었다. 지영에게는 다소 힘에 부친 길이었는데도 그녀는 전혀 내색하지 않았다. 승호는 선착장에서부터 지영의 행동에서 어떤 의도를 느꼈고 무슨 꿍꿍이인지 몰라 내내 불안하게 그녀를 흘끔거렸다.

다시 오솔길로 접어들었을 때 지영이 물었다.

「옛 애인이라는 분은 어디에 사시죠?」

콧등에 땀이 송골송골 맺힌 지영은 얼굴이 달아올라 있었다. 승호는 지영을 힐끔 바라보았다. 그럴 리는 없겠지만, 지영은 스스로 벌을 주는 시간을 갖고 싶은지도 몰랐다.
 승호는 입을 꾹 다물고 호수를 내려다보았다. 모터보트 한 대가 호수를 가로질러 가는 중이었다. 호수는 남동쪽으로 넓어지며 휘어지다가 산 뒤로 숨고 있었다.
「말이 고향이지 아무것도 없어. 조상님 무덤 하나 없지. 이 길을 걸어서 학교도 다니고 고향도 떠났지. 저 굽잇길을 돌면 옛집이 있던 곳이야.」
 시야가 트이면서 샛강이 나타났고 모래톱처럼 완만한 지형의 작은 마을이 내려다보였다. 농가 세 채가 언덕에 바위처럼 박혀 있었다. 호수에 면한 쪽 밭들만 농사를 짓는 것 같았고 위쪽으로는 버려져 있었다. 호숫가로 낚싯대를 드리운 낚시꾼들이 보였다.
「저 밭들이 나하고 동생이 열댓 살부터 개간한 거라면 믿겠어? 열아홉까지 꼬박 사 년을 바쳐서 개간했단 말이야.」
 숲을 따라 밭두렁이 무슨 등고선처럼 남은 지형을 바라보며 장이 상기된 표정으로 말했다.
「저걸 아까 그 날강도 같은 놈이 빼앗았단 말이지.」
 지영은 솔숲 그늘에서 호수 수면을 내려다보았다. 마치 데칼코마니처럼 호수 건너 산릉이 물 깊이 잠겨 있었다. 호수가 잔잔해서 물속 그림자가 진짜이고, 가을볕 난만한 물 밖 풍경은 허상 같았다. 장이 비감 어린 목소리로 어린 시절 얘기를 들려주고 있었지만, 지영에게는 꿈결에서 듣는 목소리처럼 멀었다. 물새 두 마리가 잔잔한 수면을 깨고 활강하듯 헤엄쳐 갔다.

「순 날강도 같은 놈이야.」

장이 호수를 가로지르는 모터보트를 바라보며 말했다.

「우리가 어려서 뭘 알겠어? 젊은 사람들이 대처로 나가 살 궁리를 않고 이런 곳에 묻혀 썩을 셈이냐고 부추겼지. 이천 평을 삼백만 원에 넘겼다고, 저 새끼한테. 여기서는 그 돈이 커 보였는데 막상 나가서 보니 무얼 해볼 만한 돈이 아니었어. 늙었어. 난 김가가 그렇게 늙어 갈 인간인 줄 미처 몰랐단 말이야. 그때는 왜 그렇게 커 보였을까? 목사님이 그러더구먼. 절박한 순간을 평범한 과거로 바꿔 놓는 게 삶의 마술이라고. 다 입에 발린 소리지. 씻어도 씻어도 안 씻기는 건 안 씻겨.」

그는 다시 몸을 돌려 걸었다. 장은 마을 쪽으로 내려가지 않고 밭둑으로 올라섰다.

「저 모퉁이를 돌면 예전에 우리 식구가 살던 오두막이 있을 거야. 기왕 온 김에 한번 둘러봤으면 싶은데.」

「승호랑 같이 가세요. 나는 여기서 쉬고 있을게요. 승호야, 아저씨랑 다녀와.」

지영이 승호를 밭둑으로 밀어 올리며 말했다. 장이 덧붙였다.

「오래 걸리지 않을 거야.」

잡목과 풀이 엉클어져 길 같지 않은데도 장은 용케 잘 헤치고 나갔다. 그들은 곧 밭둑 너머로 사라졌다.

지영은 손수건을 깔고 밭둑에 주저앉았다. 호수 맞은편 산쪽으로는 훤했으나 이쪽 골짜기로는 이미 그늘이 내려 쌀쌀한 기운마저 감돌았다.

예전에 지영은 영호를 따라 남해 바닷가 그의 고향에 가본 적이 있었다. 영호네 가족은 집을 그대로 비워 둔 채 오래전에 고향을 떠난 사람들이었다. 마당에서 감잎이 지고 있었으니 이 무렵이나 되었을 것이다. 대문을 철사로 친친 감아 놔서 영호와 지영은 담을 넘어 집으로 들어갔다. 일 년에 한두 번 그의 부모가 성묘 때 다녀가면서 관리를 해서 집은 생각보다 폐가로 보이지 않았다. 방마다 자물쇠가 채워져 있었다. 여기가 내 공부방이야. 영호는 문구멍으로 방 구경을 시켜 주었다. 앉은뱅이책상이 하나 정갈하게 놓여 있었다. 여동생과 마주 앉아 숙제를 하는 어린 영호의 모습이 그려졌다. 집 뒤꼍에서는 무화과가 익고 있었는데, 지영은 그때 처음으로 그 과일을 먹어 보았다. 아버지가 남매를 위해 심은 나무라는데 그의 가족은 끝내 열매를 못 보고 집을 떠난 것이다.

 따뜻한 툇마루 기둥에 기대어 설핏 잠이 들었다가 깨어보니 영호는 마당으로 져 내린 감잎을 쓸고 있었다. 그걸 왜 쓸어? 지영이 무심히 물었을 것이다. 그냥……. 문득 영호의 눈에 눈물이 어리는 모습을 지영은 지켜보았다. 영호는 다시 빗질에 열중했다. 그가 강둑 끝에 선 아이처럼 멀게 느껴졌다. 낯섦. 그건 어떤 척력처럼 자신과 영호 사이에 막아서는 것 같았다. 그 힘은 〈이 바보야, 너는 끝내 영호를 알 수 없어〉 하고 말하는 것 같았다. 지영은 영호의 추억, 그의 기억까지 갖고 싶다는 조바심이 일었다. 이후로 그녀는 사랑이 어떤 감정일까 문득 궁금할 때면 그 툇마루에서 찰나처럼 스쳐 간 느낌을 떠올려 보곤 했다.

 승호가 장과 함께 언덕을 넘어왔다. 장은 침울해져 있었다. 마을로 내려가는 동안 승호가 비밀을 속삭이듯 말했다.

「오두막을 보고 좀 충격을 받은 모양이야. 세간들이 그대로 있더라니까. 부뚜막에 상도 그대로 걸려 있었어.」

「그래?」

 지영은 앞서가는 장을 물끄러미 바라보았다. 등이 선량해 보여서 안쓰러운 마음마저 들었다. 승호가 손을 잡아 주며 말했다.

「나도 괜히 울적해지더라. 시간을 맞닥뜨린 느낌이 들더라니까. 왜 그런 풍경 있잖아, 거기 살던 사람들을 상상하게 하는.」

지영은 승호의 말투에서 기시감을 느꼈다. 그녀는 승호의 손을 더 꼭 잡은 채 내리막길을 걸어갔다. 장은 호숫가 민박집 쪽으로 길을 잡았다.

그는 민박집 앞에서 발걸음을 세우고 담배를 물었다. 화장기 없는 얼굴에 살집이 좀 붙은 중년 여자가 대문으로 나왔다.

「들어왔다는 말 들었어.」

여자가 장을 바라보며 말했다. 장은 좀 집요하다 싶을 만큼 여자를 쳐다보았다.

「많이 늙었네.」

그래 놓고 장은 후회하는 눈빛이었다.

「밥 차릴게, 먹고 가. 어서들 와요.」

여자는 승호와 지영에게 시선을 나누어 주고는 총총히 집 안으로 들어갔다.

여자는 맥주를 내왔다. 그녀는 돌아서다 말고 걸음을 세우고 말했다.

「부탁인데 조용히 지내다가 가요. 그 양반이 요새 혈압이 있어.」

여자가 넘기는 침 소리가 또렷이 들려 왔다.
「내가 뭘 어쨌다고?」
장이 몸을 외틀고 앉으며 비아냥거렸다.
「밥 먹으러 왔어. 우리 아우들한테 맛있는 것 좀 해줘.」
여자는 한숨을 내쉬고는 주방으로 물러갔다.
버섯전이 나오고, 이내 산채비빔밥과 된장국이 나왔다. 장은 밥을 거의 뜨지 않고 술잔만 거푸 비웠다. 자리가 불편해 승호와 지영이는 묵묵히 밥그릇을 비웠다.
식사하는 동안 여자가 쟁반을 이고 식당을 나섰다. 낚시꾼들한테 식사를 내가는 모양이었다.
「보트 좀 불러 줘.」
장이 밖에 대고 소리쳤다. 여자가 멈칫 섰다가 다시 걸어갔다. 여자는 마당을 가로질러 호숫가 버드나무 숲으로 사라졌다.
식사가 끝나고 승호와 지영은 상을 치웠다. 승호가 빈 그릇들을 주방으로 옮겨 놓고 왔을 때 민박집 선착장으로 노인의 보트가 들어왔다. 장은 주머니에서 돈을 꺼내 상 위에 올려놓고 일어섰다.
「방깨 오칠이 형한테로 갑시다. 지금도 거기 사는지 모르겠네.」

보트에 오르자 장이 말했다. 노인이 고개를 끄덕였다. 보트는 여울을 건너서 호안을 한 구비 돌아들었다. 해는 벌써 기울어서 석양이 수면으로 짙게 깔리고 있었다.

언덕에 앉은 낡은 오두막이 보였다. 집 앞으로는 추수가 끝난 들깨 밭이었고, 밭 가에 매인 누렁소 한 마리가 방문객을 쳐다보았다. 호수 기슭에 보트를 댄 노인이 말했다.

「오칠이는 아까 뒷골 쪽으로 가던데 아직 안 돌아온 모양일세.」

「오칠이 형한테도 보트가 있소?」

「그냥 노 젓는 무동력이야. 여긴 전화가 안 터지니까 이따가 오칠이한테 말해서 우리 집으로 오게. 선착장으로 실어다 줄 테니까.」

노인은 보트를 돌려 돌아갔다.

셋은 밭두렁을 따라 언덕 위 오두막으로 올랐다. 누렁개 한 마리가 밭머리로 달려와 사납게 짖어 댔다. 개는 마치 퇴로를 확인하는 짐승처럼 뒤를 돌아보곤 했는데 오두막에서는 인기척이 없었다. 밭 가에 매인 누렁소만이 궁금한 눈으로 외지인들을 바라보았다. 작고 낡은 오두막이었다. 조금씩 보수해 가며 살고 있을 뿐 꾸미고 사는 흔적은 묻어나지 않았다. 붉은 함석지붕 한 귀는 푸른 천막을 두르고 돌에 눌려 있었고 창호 바른 방문 역시 비료 비닐 포대로 덧대어 있었다.

「이 양반이 장가를 든 모양이네.」

장이 마당으로 들어서다 말고 빨랫줄을 보고 놀라워했다. 빨랫줄에는 여자들이 입는 일 바지가 걸려 있었다. 그뿐이 아니었다. 토방 댓돌에 여성용 플라스틱 슬리퍼가 세워져 있었으며, 무엇보다 살림살이가 반들반들했다. 하긴 더럽힐 만한 것도 없는 단출한 살림이었다.

「이 형이 틀림없이 살림을 차렸어.」

장은 표정이 한결 밝아졌을 뿐 아니라 장난기마저 비쳤다.

툇마루 기둥에는 유리등이 걸려 있었다. 집 주변에 전봇대가 보이지 않는 것으로 미루어 전기가 들지 않는 오두막 같았다. 마당 가에는 계곡물을 호스로 끌어다가 사용하는 물자리가 있었는데 큰 고무 통은 작은 연못처럼 넘쳐서 물을 흘려보내고 있었다. 그 옆에 평상이 놓였고, 아래 밭 자리 쪽으로 기둥만 세우고 함석지붕을 올린 외양간이 있었다. 승호와 지영은 주인 없는 마당 가에 나란히 서서 어떤 경계심도 없이 언덕 아래 호수를 내려다보았다. 울도 없는 오두막은 호수를 정원 삼아 호젓했다.

툇마루 쪽에서 살림을 살피던 장이 두 사람을 불렀다.

「이것 좀 봐. 이게 진짜 토종꿀이라고.」

툇마루 한구석에 맷돌로 밀랍을 눌러서 꿀을 내리는 고무 대야가 보였다. 장이 손가락으로 꿀을 찍어다가 쪽 소리 나게 빨았다.

「맛들 좀 봐봐. 진짜야.」

승호도 손가락으로 맛을 보았다. 혀끝에 아릿하니 단맛이 감돌았다. 지영에게도 맛을 보라고 승호가 몸짓을 했으나 그녀는 다소 초췌한 얼굴로 승호를 마당으로 불러냈다. 그녀는 나직한 목소리로 말했다.

「여기 화장실이 안 보여.」

승호는 집 곁을 둘러보았다. 오두막 살림에 실내에다가 화장실을 설치할 리 없을 테고, 집 곁 어디쯤 화장실이 있을 만한데 집에 딸린 가옥이라고는 외양간뿐이었다.

장이 눈치를 채고는 깔깔 웃었다.

「여기에는 뒷간이 없어. 이웃들이 없으니까 밭에다가 바로 일을 보지.」

그러면서 그는 턱짓으로 외양간 쪽을 가리켰다. 지영이 당혹스런 표정을 지었다. 승호는 마당 가 외양간으로 지영을 데려갔다.

승호와 지영이 다시 마당으로 돌아왔을 때 장이 주인 없는 방에서 나왔다.

「살림을 하는 것 같기도 하고, 아닌 것 같기도 하단 말씀이야. 뭐 만나 보면 알겠지. 어디 멀리 출타할 사람이 아니니 꿀 따러 산에라도 갔을 거야.」

장은 오래 머무를 사람처럼 툇마루에 주저앉아 양말을 벗었다. 그는 댓돌에 세워 둔 슬리퍼를 꿰고 마당 가 물자리로 갔다. 승호와 지영은 저녁 해가 따스하게 내리쬐는 툇마루에 걸터앉았다. 장이 낯을 씻으며 말했다.

「이곳 사람들은 다들 보트를 타고 호수로 다녀. 아까 왔던 터널 어름에서 산길이 하나 있긴 한데 길이 멀고 험하지. 예전에 장배라고 장 서는 날 다니는 배가 있었어. 객지 나간 애들도 그것 타고 다녀가고, 신부들도 그것 타고 시집을 왔지.」

장은 빨랫줄에서 수건 한 장을 거두어 손을 닦았다. 그는 해끔해진 얼굴로 주위 풍광을 둘러보았다.

「호수가 얼면 풀릴 때까지 얼음 위로 걸어서 바깥일을 봤지. 이곳 사람들이야 산중 섬에 사는 거나 진배없어.」

「여기 집주인은 누구세요?」

승호가 물었다. 아무래도 승호는 아까 점심때 겪은 당혹스러운 마음을 씻지 못하고 있었다. 장이 입에 올리는 형님이니 아우니 하는 소리는 뉘앙스가 남달라서 이번에는 또 무슨 일에 엮일까 긴장되었다.

「도깨비 같은 사람이지. 이곳 사람은 아니야. 스무 살에 소리 소문 없이 들어와서 빈집을 꿰차고 살았으니까. 나보다 예닐곱 살 많았을 거야. 근데 그것도 정확한지 몰라. 예전에는 이곳에 흘러온 도망자들이 많았지. 저 산골짜기들로 화전이나 숯가마가 많아서 그것 보고 오는 거야. 이 형도 아마 말 못 할 죄를 저지르고 왔겠지.」

저녁 어스름이 내리고 있었다. 돌아갈 일을 생각하자 승호는 초조해졌다. 장은 주인 없는 부엌을 뒤져 반이나 남은 됫병들이 소주와 고추장에 박은 더덕장아찌를 내왔다.

세 사람은 평상에 둘러앉았다. 장은 기둥에 걸린 유리등에 불을 밝혔다. 두 잔째 잔을 반만 비우고 지영이 꾸벅꾸벅 졸았다.

「방에서 잠깐 쉬어. 주인 오면 깨울 테니까.」

장이 말했다. 지영이 그러고 싶다는 눈빛으로 승호를 바라보았다.

지영을 재우고 승호가 다시 평상으로 돌아와 앉았을 때 장이 물었다.

「두 사람 무슨 문제 있어?」

무슨 소리냐는 듯 승호는 눈을 크게 떴다.

「만날 때부터 느낌이 그래.」

「아니에요.」

해놓고 승호는 술잔을 들이켰다.

「사실은 친한 친구 애인이에요.」

「군바리 친구 말이야?」

장이 놀랍고 재밌다는 표정을 지었다.

「아우님, 이제 보니 아주 나쁜 놈이구먼.」

「그래요. 어찌나 힘든지 친구에게 고백하려고 면회를 왔던 길이에요. 우리 세 사람은 떨어지면 죽을 정도로 참 친했거든요.」

승호는 한숨을 푹 내쉬었다.

「근데 군바리 친구가 죽이겠다고 설치던가?」

「아뇨.」

승호가 머리를 흔들었다.

「면회를 안 나왔습니다. 저라도 그랬을걸요.」

「그럼, 끝났네. 그 정도 했으면 됐지 요즘 젊은이 같지 않게 웬 신파를 만들고 그래?」

「그 자식, 복수하는 거예요. 절대 인정을 안 해주겠다는 거죠. 나야 그렇다 쳐도 지영인 어떻겠어요.」

장이 잔을 안기고 술을 채웠다. 대신 승호 잔을 끌어다가 들고 그가 말했다.

「아우님, 고마워.」

「네?」

「솔직히 아우님들 없었으면 여기까지 못 왔을 거야. 뭐 여기 왔다고 별것 있었던 건 아니지만 사람한테는 그런 게 있어. 좀 유치하다 싶을 정도로 소소한 일을 평생 무슨 짐처럼 지고 살지. 십중팔구 자존심을 다친 거야. 나 아까 그 여자한테 별 유감없어. 이제 와서 무슨 유감이 있겠어? 그냥 그래 보는 거야. 우리 목사님이 그러더군. 그 말 하나는 참 맘에 드는데 좀 어려운 말이지만 마음을 재지 말래. 발이 먼저 나서면 마음이 따라온다는 거야. 그걸 유식하게 삶의 형식이라고 하더구먼. 지나가야 할 자리는 그냥 지나가는 거야.」

장이 어둠 속으로 눈길을 던졌다.

「그나저나 이 형은 왜 안 오지? 멀리 외출할 사람도 아닌데 말이야.」

어느 순간 승호가 눈길을 돌렸는데 희붐하게 고여 있던 호수가 놀랍게도 팽창하는 것처럼 보였다. 달빛 속으로 안개가 피어오르고 있었다. 거리를 가늠할 수 없는 곳에서 부엉이 소리가 들려왔다. 밭에서 소 워낭 소리가 고즈넉이 들려왔다. 마치 호수가 어둠 속에서 몸을 바꾸는 것 같았다. 장도 술잔을 놓고 안개 오르는 호수에 넋을 빼놓고 앉아 있었다. 안개는 금세 언덕을 지우고 오두막 마당으로 흘렀다.

「여기 안개는 이부자리까지 적시지. 여기서는 꿈길도 젖어. 어머니는 밤안개가 중공군처럼 몰려온다고 말하시곤 했지. 전쟁 때 얘기야. 다시 보니 장관이네. 안개가 오만 가지 마음을 다 끌어오는군. 어렸을 때 막막하던 심정이 새삼 떠올라. 열일고여덟에 난 이미 밭고랑에 엎어져서 이곳을 떠나고 싶었는지도 몰라. 장배 타고 드나들며 막연히 이 골짜기를 떠나고 싶었던 거라. 그러나 어디 용기가 생기나. 그저 앞날이 안개처럼 막막해서 몇 년을 앓았지. 그래 나는 젊음을 주체 못 해서 앓았던 거야. 김가는 핑계였는지 몰라.」

장이 다시 술잔을 잡았다.

「아까 민박집 여자가 내 정인이었지.」

승호는 이미 짐작하고 있었다. 그는 몰랐던 사람처럼 장을 건너다보았다.

「지금 와서 생각하면 그 여자는 이곳을 떠나기 싫었던 거야. 늙은 홀아버지와 셋이나 되는 동생들을 돌보고 있었지. 그런 여자를 앞에 두고 나는 내일 당장 군대라도 갈 놈처럼 굴었어. 밖으로 나가자고 졸랐지. 빙충이 같은 여자는 수심만 깊어서 대답이 없는 거라. 불안했을 거라. 내가 다른 데를 보는 게 저한테서 마음이 떠나는 것처럼 느껴지지 않았겠어?

한번은 울면서 도망가자고 하더라고. 그래, 그 여자는 이곳을 떠나는 게 도망치는 거였을 거라. 휴, 그런 여자가 느닷없이 김가 아내가 된 거야. 그 뒤로 웃는 얼굴을 나한테 한 번도 보여 주지 않았어. 그때는 몰랐지. 삶이 뭔지, 사는 게 뭔지.」

얼핏 언덕 아래에서 물질하는 소리가 났다. 두 사람은 조용히 귀를 기울였다. 그 소리는 점점 강기슭으로 다가왔고 머잖아 통나무 부딪는 소리가 들렸다.

「주인이 돌아오는군.」

두 사람은 조용히 기다렸다. 안개 속으로 손전등이 언덕을 올라왔다. 장은 상대를 놀리려는 사람처럼 짓궂은 표정을 지었다. 평상에 유리등을 밝히고 있어서 아마 상대도 그들의 존재를 금방 눈치챌 것이었다. 안개 속에서 손전등이 꺼졌다.

「누구야?」

깊이 잠긴 남자 목소리였다. 승호는 난처한 얼굴로 장을 쳐다보았다. 장은 입에 손가락을 올리고 재미있어했다. 상대가 부엌 앞에서 뭔가를 더듬어 찾는 기척이 느껴졌다.

「거기 누구야?」

목소리는 다시 한번 물었다. 그리고 성큼 승호들한테 다가섰다. 달빛에 윤곽이 흐릿했는데 머리를 산발한 게 여자 같았다. 그림자는 낫을 찍을 듯이 쳐들고 있었다. 승호는 흠칫해서 물러나 앉았다.

「나야, 장진철.」

손전등 불빛이 살아나 장의 얼굴을 훑고 갔다. 한동안 그림자는 말이 없었다. 이윽고 그가 꺼질 듯이 숨을 뱉으며 손을 내려뜨렸다.

「언제 왔어?」

그가 유리등 불빛 속으로 다가왔다. 머리를 치렁치렁 내려뜨렸고 수염을 길러서 얼굴을 지운 사람처럼 보였다. 마르고 왜소한 체격인데 아낙처럼 일 바지를 입고 있었다.

「도대체 이 시간까지 무얼 하다가 오는 거요?」

「응. 우편물 돌리고 오느라…….」

「우편배달부가 된 거야?」

사내는 고개를 저었다. 동네에서 담뱃값이나 받고 하는 거라고 했다.

「아무리 그래도 그렇지 낫을 들고 쳐들어오오?」

장이 놀렸다.

「이런 곳에 누가 오나, 도망치는 사람이나 들지.」

「누가 잡으러 올까 봐 그런 건 아니고?」

장이 놀리듯 물었다. 사내는 눈을 끔벅이며 장을 건너다 봤다.

머잖아 지영이 바깥 기척에 깼는지 툇마루로 나왔다.
「이리 와서 주인한테 인사해요.」
하고 장이 소리쳐 놓고 사내에게 말했다.
「아우 애인이야.」
사내가 다시 술상을 봐서 안방에 차렸다. 일행은 안개와 한기에 쫓기듯 모두 침침한 방으로 물러났다. 사내는 장에게나 시선을 던질까 좀처럼 승호들을 바라보지 않았다. 큰 그늘을 쓰고 좀처럼 말이 없는 사내를 승호와 지영은 가끔 신기한 눈빛으로 힐끔거렸다. 지영이 아까 방에 들었을 때 방구석에서 낡은 책 한 권을 보았는데, 1969년 판 아동물 수호지였다. 지영은 이제 와 다시 보니 그 사내가 마치 그 후로 세상에 나서지 않은, 책 속에나 나올 법한 인물처럼 보였다. 그 책이 호수에서 홀로 사는 이 사내의 긴 시간을 얘기해 주는 것 같았다.
몇 시쯤 되었을까? 두 사람이 주로 이야기를 나누고 승호와 지영은 지루하게 앉아 있었다. 승호가 연거푸 하품했다.
「피곤할 텐데 눈을 붙여. 우리는 좀 더 얘기 나누다가 잘게.」
승호와 지영은 방구석으로 물러나 누웠다.
시간이 얼마나 지났을까? 지영은 아랫배가 당겨서 눈을 떴다. 장과 주인 사내도 잠이 들었는지 코 고는 소리가 들리고 등잔불은 꺼져 있었다. 지영은 승호를 흔들어 보았다. 그는 몸을 뒤척이더니 돌아누워 버렸다.

지영은 문을 열고 밖을 내다보았다. 달도 졌는지 칠흑 같은 어둠뿐이었다. 축축한 한기가 이마에 선뜩하니 안겼다. 그녀는 마루로 더듬더듬 발을 내디뎠다. 마당으로 내려설 엄두가 나지 않았다. 승호를 깨울까 하고 그녀는 돌아섰다. 그때 누군가 부스럭거리며 일어났는데 곧 손전등이 켜졌다. 사내는 마루로 나와 토방에서 지영의 신발을 찾아 손전등을 비춰 주었다. 사내가 그쪽으로 가보라는 듯이 밭 쪽으로 전등을 비췄는데 온 대기가 짙은 안개 속이었다. 손전등 불빛 닿는 곳마다 안개가 꾸물거리며 몽환적인 분위기를 자아냈다.

사내는 마당에 서서 불빛을 던져 주었다. 지영이 밭으로 내려가서 서자 그가 손전등을 껐다. 어둠이 한꺼번에 밀려들자 지영은 다시 소름이 돋았다. 그녀는 가만히 주저앉았다. 그녀는 다시 한번 깜짝 놀랐다. 제 오줌 누는 소리가 생각보다 컸다. 오줌을 누고 나서 한동안 그녀는 아무것도 보이지 않는 호수를 향해 그대로 앉아 있었다. 어디에선가 물 흐르는 소리가 아련했다. 옷을 추스르고 그녀는 헛기침을 해보였다. 그 소리에 다시 손전등 불빛이 발께로 떨어졌다. 사내는 다시 길을 되짚어 손전등 불빛을 비춰 주었다. 지영은 승호 곁으로 돌아와 누웠다.

외기를 쐬고 와서 지영은 잠이 달아났다. 낮에 만난 민박집 여자가 떠올랐다. 지영이 장을 따라 이곳까지 발을 들여놓은 이유는 그녀를 한번 만나고 싶은 마음에서였는지 몰랐다. 그들이 어떻게 재회할지 궁금했다. 허방 같은 긴 시간을 두고 헤어진 연인들이 이제 어떻게 만나는지 보고 싶었다. 그녀는 실망했다. 지영은 영호를 다시 만나지 않았으면 싶었다. 자신이 영호에게 애틋한 추억으로 남을 수 없다는 서글픔이 밀려왔다. 내가 지나치게 큰 욕심을 가졌던 걸까. 그녀는 자책했다. 어쩌면 나를 용서하고 잊어 달라는 말은 실상 자신을 미워하지 말고 오래 기억해 달라는 말이 아닐까. 그러자니 자신이 별수 없이 유치한 애라는 생각이 들었다. 그녀는 영호와 보낸 시간이 아무것도 남지 않고 훼손당한 느낌이 들었고, 그 책임이 온전히 자신에게 있다고 생각하니 고통스러웠다.

그녀는 곁에 잠든 승호의 실루엣을 가만히 바라보았다. 그와 자신에게 연민이 밀려왔다. 지영은 승호의 가슴으로 파고들어 꼭 껴안았다. 승호는 잠결에도 그녀를 안아 주었다.

* 「히치하이킹」은 2022년 『문학의오늘』 겨울 호에 발표한 단편으로 다시 다듬어 재수록한 것이다.

다시 한번
정이현

─푸껫 3박 5일. 5월 1일 오전 출발 가능?

이런 DM을, 광고라고 생각하지 않는 게 더 이상한 일이다. 요즘은 광고도 참 성의 없네 싶어서 나는 기분이 상했다. 아등바등해도 먹고살기 힘든 세상에 고작 저게 뭐냐, 하는 뾰쪽한 마음이었다. 요즈음 나는 내내 그랬다.

인스타그램 피드에 모르는 사람들의 강아지와 고양이 사진이 쭉 떴다. 한가로이 구경하며 하트를 눌러 주는 평화로운 오전을 보낼 수는 없었다. 여기는 사무실이고 해야 할 일들이 쌓여 있었다. 회사 제품의 공동 구매를 진행 중인 인플루언서들의 계정을 돌며 현황을 확인했다. 마케팅이 계약대로 잘 전개되고 있는지, 밤새 소비자 반응은 어떤지, 회사 쪽에서 쳐내야 하는 댓글은 없는지 등을 살펴보았다. 특별한 문제는 없었다. 배송 관련 문의가 몇 보였다. 가장 수위가 높은 것은, 일주일 전에 주문했는데 왜 아직 물건이 도착하지 않느냐는 요지를 시비조로 갈겨 놓은 댓글이었다. 나는 답글을 달려다가 개인 계정임을 깨닫곤 급히 회사 계정으로 변경했다. 업체 계정에 성명과 연락처를 남겨 주시면 CS 담당자가 바로 확인 후 연락드리겠다는 답글을 정중하고 사무적으로 남겼다. 경험상 이런 사람들은 주문자가 아닐 확률이 높았다. 그저 해당 판매자가 싫다는 이유로 이런 글을 남기고 가는 사람들이 대부분이었다.

 나는 궁금했다. 타인을 왜 그렇게까지 적극적으로 싫어하는 걸까, 하는 것이. 실제로 알지 못하는 누군가를 엄청나게 싫어하거나 엄청나게 좋아하는 그런 감정들은 내게서 이제 영원히 사라져 버린 것 같았다. 회사의 CS 담당자는 공석이었다. 업무를 맡고 있던 지아가 지난주에 그만두었기 때문이다. 지아는 스물세 살의 대학 휴학생이었다. 회사의 알바생으로 들어왔지만 착하고 성실해서 내가 특별히 아꼈다. 지아에게는 어쩐지 오래전의 나를 떠올리게 하는 면이 있었다. 휴학과 복학을 되풀이하고 있다는 것도 그중 하나였다. 회사를 그만두겠다고 하면서 지아는 일단 호주와 뉴질랜드로 기간을 정하지 않은 여행을 떠날 계획이라고 털어놓았다. 넓은 세상을 돌아다니면서 자신이 정말로 원하는 게 뭔지 생각해 보겠다는 얘기를 듣고서 나도 모르게 〈그럼 학교는?〉이라고 물었다.

「그러다 영영 못 돌아가게 돼.」

나는 좀 더 현실적인 대안을 세우는 게 어떻겠느냐고 충고했다. 여행도 좋고 견문을 넓히는 것도 좋지만 기간은 정해 두라고, 잘못했다간 대학을 영원히 그만두게 될 수도 있다고 말이다. 휴학 기간을 더는 연장할 수 없어 반강제로 자퇴를 하게 된 나의 경험과, 그 시절엔 별거 아닌 듯 치부해 버렸지만 사실 사는 동안 그 일을 후회한 때가 적지 않았다는 고백도 허심탄회하게 들려줄 준비가 되어 있었다. 그런데 지아는 공손히 대답했다.

「네, 어른들은 그렇게 말씀하시더라고요. 당연히 그러실 수 있다고 생각해요.」

나는 움찔거리려던 입술을 닫았다. 어른이라니. 아닌 게 아니었다. 놀랍게도 나는 올해 마흔여섯 살이었다. 스스로 안 믿긴다고 해서 아닌 게 아니라는 사실이 더 놀라웠다. 그 순간부터였다. 새삼스럽게도 어른이라는 단어가 엄청난 무게로 나를 짓누르기 시작한 것은. 납으로 만든 벨트를 허리에 두르고 어두컴컴한 심해로 내려가야 하는 잠수부처럼, 뭐랄까 삶의 명목을 모르겠다는 느낌이 나를 휩쌌다. 지아의 눈에 내가 어떻게 비쳤을지 생각해 보았다. 40대 중반, 직원이라곤 열 명도 안 되는 소기업의 명목뿐인 임원, 결혼도 하지 않고 아이도 없는 무소속의 인간, 십 년 전에 입던 청바지를 아직도 입고, 화장품은 다 올리브영에서 산다. 언젠가 이사님은 젊게 사시는 것 같다고 했던 지아의 말이 떠올랐다.

「그런가? 내 친구들 다 비슷한데.」

그때 내가 그 말을 일종의 칭찬으로 받아들였음을 깨달았다. 나는 겸손한 듯 대수롭잖게 대꾸했을 것이다. 나이가 들어도 똑같다고, 그냥 하던 대로 하게 된다고 말이다. 멍해졌다. 그때 카카오톡 알림음이 울렸다.

─친구야, 바빠?

용기였다. 이용기라는 이름을 확인하고 놀라지 않았다면 거짓말이다. 더구나 단체방이 아니라 일대일 톡이었다. 이젠 옛 친구의 갑작스러운 연락에 반갑다기보다 가슴이 덜컥 내려앉는 나이였다. 용기와 마지막으로 일대일 톡을 나눈 것이 언제인가 스크롤을 올려 봤다. 2022년 내 생일 밤이 마지막이었다. 그 밤 11시 31분에 용기가 스타벅스 상품권을 보냈다.

─30분 남았다. 세이프!!! 너무 정신없는 하루여서 깜빡했어. 미안 미안. 누구보다 행복한 하루 보냈길 바라!!!

그날 용기가 보낸 느낌표는 무려 여섯 개나 되었다. 생각해 보면 용기는 언제나 한결같이 다정한 친구였다. 그때 나는 선잠에 빠졌다가 메시지 알림음에 깨어난 상황이었다. 직장인에게 평일 밤 11시 반이란 그런 시간이었다. 잠결에, 요란한 감사의 이모티콘을 보내면서 인사를 했던 기억이 났다. 용기의 생일은 내 생일과 꼭 일주일 차이였다. 그러나 그 뒤에 내가 용기에게 선물을 보낸 흔적은 남아 있지 않았다. 카톡 창은 정확한 기록장이었다. 당시 나에게 특별한 의도는 없었을 것이다. 일주일 전의 용기처럼 정신없는 하루를 보내느라 그랬을 것이다. 아니, 다 핑계일 뿐이다. 용기는 세이프, 나는 아웃. 그게 우리 사이의 결정적 차이였다.

그 뒤의 기록에 의하면 우리는 더 이상 신년 인사나 생일 축하 인사를 일대일로 나누는 사이가 아니었다. 그런 인사를 아예 나누지 않았다는 뜻이 아니다. 축하할 일은 친구들이 함께 속해 있는 단톡방에서 우르르 몰아 했다. 우정의 농도가 서서히 옅어지는 것은 그저 현상이었다. 거기에 어떤 이례적인 사건 따위는 필요치 않았다.

─난 회사지. 근데 별로 안 바빠.

나는 살짝 허둥지둥하며 대답했다.

─그럼 왜 답장 안 해?

무슨 소리야?

―내가 인스타 디엠 보냈잖아.

―응?

―푸껫.

아까 그것이 용기가 보낸 메시지였다니. 다시 보낸 사람 아이디를 확인해 봤다. ⟨container_⟩

―사적인 계정이야. 너 몰랐구나? 내가 미안하네.

나는 아니라고 손사래 쳤다. 용기는 푸껫에 가지 않겠느냐고 다시 내게 물었다. 느닷없음과 황당함 속에서, 어쩐지 예전에 이것과 비슷한 일을 겪었던 듯한 희미한 기시감이 마음에 번졌다. 그랬다. 우리는 함께 어딘가로 떠난 적이 있었다. 이십 년 전의 일이다.

*

「혹시 시간 있냐? 내일 말이야.」

용기가 그렇게 말했을 때까지만 해도 설마 그가 제주도에 같이 가자고 할 줄은 몰랐다.

「제주도 가지 않을래?」

「제주도?」

「응, 제주도.」

「갑자기 왜?」

「실은 말이야. 내가 몇 달 전에 인터넷 쇼핑몰에서 뭘 하나 샀거든. 근데 경품에 당첨됐대. 왕복 항공권.」

용기가 멋쩍다는 듯 머리를 벅벅 긁었다.

「사기당하는 줄 알고 겁먹었는데 아닌가 봐. 다음 주까지는 꼭 써야 한대. 같이 갈래?」

「……그래, 까짓거 가지, 뭐.」

나는 호기롭게 대답했다. 사실은, 미쳤니? 오늘은 월요일이고 내일은 화요일이며 나는 회사원이야, 라고 말하고 싶었지만 그러기엔 용기의 얼굴빛이 전에 없이 너무도 심각하고 진지했다. 그리고 놓치고 싶지 않은 행운이었다. 나는 조금 우물거리며 덧붙였다.

「근데 용기야, 나 돈이 하나도 없어.」

「걱정 마. 나 많아.」

귀를 의심했다. 용기의 입에서 돈 많다는 소리가 나오다니. 우리가 알고 지낸 몇 해를 통틀어 처음 있는 일이었다. 나 오늘 돈 없는데. 그것이 그의 입버릇이었다. 하긴 어머니가 운영하는 옷가게의 셔터 맨 겸 실업자에게 용돈이 풍족할 리 없었다. 용기가 언제부터 이렇게 반백수 상태를 유지하고 있는지는 모호했다.

군대 갔다 온 다음 쭉, 이라고 알고 있는 친구도 있었고 군대 가기 전부터 쭉, 이라고 주장하는 친구도 있었다. 나는 큰 관심은 없었다. 어쨌거나 오랫동안 무소속이라는 얘기였고, 그런 친구가 비단 용기뿐인 것도 아니었으니까. 돈이 어디서 났는데? 라고 물어보고 싶었지만 아무리 허물없는 사이라 해도 실례인 것 같아 그만두었다. 기껏해야 엄마네 옷 가게의 현금 트레이에 살짝 손을 댔겠지, 하고 넘겼다.

용기와 헤어져 사무실까지 다시 어슬렁어슬렁 걸어 들어오면서 문득 내가 제주도에 한 번도 가본 적이 없다는 걸 깨달았다. 한 번도 안 가본 제주도에 한 푼도 안 들이고 갈 수 있다면, 두 달째 월급이 밀린 회사쯤 잠깐 제쳐 버린다 해도 큰 죄가 되지는 않을 것이다. 누구라도 그렇게 생각했을 것이다. 이십 년 전, 나와 용기의 제주도 여행은 그렇게 갑자기 이루어졌다.

*

—설마 또 어디 당첨된 거야?
내 물음에 용기는 〈꼭 그런 건 아닌데 어쩌면 비슷한 거〉라고 말했다. 무료 항공권이며, 숙소도 준비되어 있다고도 했다. 강력하고 합리적인 의심이 솟구쳤다. 이 모든 메시지가 사실 신종 피싱이 아닐 가능성이 있을까. 저 용기가 진짜 용기가 아니라면? 용기의 메신저 계정이 해킹을 당했다고 가정하자 아귀가 맞았다. 나는 곧바로 용기의 번호로 전화를 걸었다.

「어, 미경. 전화가 더 편해?」

의혹의 여지 없이, 용기 목소리가 맞았다. 긴장이 피시식 사그라들었다.

「야, 정말 너 맞지?」

용기는 큽, 숨을 한번 들이마시고는 웃기 시작했다. 누가 뭐래도 용기의 웃음소리였다. 사람의 어떤 웃음소리는 지문처럼 영영 변치 않는다.

「하긴 못 믿을 만도 하지. 어떻게 하면 믿을래, 내가 나라는 걸. 아, 너 요즘 회사가 어느 동네라고 했지?」

용기는 점심시간에 우리 회사 근처로 오겠다고 했다. 몇 해 간 사이버 안부만 주고받았는데 만남은 이렇게 간단했다. 약속 장소로 걸어가면서 나는 거리를 스쳐 가는 사람들을 바라보며 생각에 잠겼다. 안심은 너무 빠를지도 모른다. 해킹이 아니라면 다단계나 그 유사한 변형 업체 같은 게 아닐 리가 있을까. 용기는 그새 사이비 종교의 전도사가 됐을지도 몰랐다. 푸껫에 신입 신도를 위한 특별 본부 같은 것이 있을지도 모르지. 경우의 수를 조금 더 돌려 봤다. 내가 용기에게, 돌려받지 못할 확률을 감안하면서도 눈 한번 감고 빌려줄 수 있는 금액을 가늠해 봤다. 턱없이 많은 액수와, 어이없이 적은 액수가 동시에 떠올랐다. 결국은 그의 결혼식에 축의금으로 낼 정도라고 그렇게 정리됐다. 만에 하나 용기가 그런 걸 하게 된다면 말이다. 나는 급히 머릿속을 비웠다. 마음의 숫자가 얼마큼인지, 친구에게 꼭 가르쳐 줄 필요는 없을 터였다.

회사 길 건너의 스타벅스였다. 또 다시 기시감이 엄습했다. 이십 년 전 우리가 제주도 여행에 대해 처음 이야기하던 곳도 어딘가의 스타벅스였던 것이다. 스타벅스 코리아의 역사는 유구하고, 우리는 스스로 알지 못하는 사이 그 역사의 우주 먼지가 되었다. 나와 용기는 이십오 년 지기쯤 되는 사이였다. 우리나라에 스타벅스 1호점이 문을 연 시기와 비슷한 시간이었다. 그 시절에 친구들과 함께 이대 앞의 매장에 구경 갔던 기억이 났다. 어떤 날은 어제처럼 또렷하고 어떤 날은 없었던 것 같다. 용기와 나는 서로 친구의 친구의 친구였다가 우리도 스르르 친구가 됐다. 20대 초반에는 그런 일들이 일상적으로 일어났다.

용기에게 2층에 있다는 톡이 와 있었다. 나는 계단을 오르면서 용기도 꽤 늙었겠다고 생각했다. 나 역시 그럴 테지만 내 노화를 보여 주는 것보다 친구의 노화를 보는 것이 더 무서웠다. 우리가 언제 마지막으로 본 거지? 삼사 년 이상은 더 지난 듯했다. 코로나 사태가 잠잠해진 뒤로는 본 적이 없는데, 그렇다고 마스크를 쓰고 만났던 기억도 없었다. 체감상으로는 그렇게까지 긴 시간이 둘 사이에 가로놓였던 것 같지 않았다. 그게 코로나 사태 이전이었나, 이후였나, 헤아리다가 깜짝 놀랐다. 어떤 시기에 대해 가늠할 때 아직도 코로나를 기준으로 삼는 사람은 이제 지구상에 오직 나만 남은 것 같았다. 너무 많은 사람들이 팬데믹으로 이 세상의 시간이 멈췄던 몇 해를 애초에 존재하지 않았던 시간처럼 대했다. 그 의도적 무심함에 나는 번번이 당황했다.

　맙소사, 이제 기억났다. 팬데믹 중간에 분명히 우리는 서로의 〈얼굴〉을 본 적이 있다. 직접 만나지 않고도 만났던 시절이 있었던 것이다. 그 겨울 〈사회적 거리 두기〉의 일환으로 4인 이상 집합 금지 조치가 시행 중이던 날이었다. 줌 회의실을 만들어 친구들을 불러 모은 것은 류였다. 친구 중에서 가장 사회성이 좋고 늘 구심점 역할을 해왔던 류가, 나와 용기, 또 다른 몇몇의 옛 친구들을 모아 온라인 파티 계획을 세웠다. 계획은 단순했다. 각자의 방, 각자의 모니터 앞에 둘러앉아 각자의 술을 마시며 도란도란 근황 나누기. 나는 퇴근길에 캔맥주 몇 병과 포테이토칩을 사고, 치킨도 준비했다. 줌의 배경 화면을 어떻게 할까 고민하다가 우주 공간으로 정했다.

친구들이 하나둘 모여들었다. 나뿐 아니라 다들 이런저런 가상 배경을 뒤로 하고 있어서 약간 안도했다. 가상의 해변 앞에 앉은 친구도 둘이나 되었고 스위스인지 어딘지 가상의 산장을 배경으로 한 친구도, 책이 빽빽이 꽂힌 가상의 책장을 배경으로 한 친구도 있었다. 가장 늦게 합류한 용기만 현실 그대로였다. 그는 아직 퇴근 전이고, 스튜디오라고 말했다. 사진 스튜디오 특유의 새하얀 벽면이 가상 배경보다 더 비현실적이었다. 밤 10시가 넘은 시간이었다. 용기는 밤샘 작업을 해야 할 것 같다면서 술 대신 투명한 플라스틱 컵에 담긴 아이스아메리카노를 빨대로 쭉쭉 빨아 마셨다.

「코로나로 죽기 전에 나는 과로사 예약이야.」

「이 와중에 그래도 사람들이 사진을 찍나 봐?」

소비자가 신제품의 실물을 직접 보기 어려우니, 업체에서는 사진을 더 그럴싸하게 찍고 싶어 한다는 것이 용기의 대답이었다. 그는 상업 스튜디오를 운영하는 포토그래퍼였다. 긴 백수의 나날을 보내던 20대 후반의 어느 날 갑자기 예술 대학 사진과에 입학했다. 다들 축하보다는 걱정이 앞섰다. 졸업하면 서른이 넘을 텐데, 그 늦은 나이에 뭘 어쩌려는 거지, 하고서. 그때의 우리에게 30대는 막연히 불안하기만 한 미래였다. 나도 마찬가지였다. 옷 가게에서 일하시는 용기 어머니가 철없는 아들 때문에 더 힘들어지겠다는 걱정과, 늦도록 하고 싶은 일을 할 수 있게끔 지원해 주는 어머니의 존재가 부럽다는 마음이 아리게 교차했다.

사뭇 조심스럽게 용기에게 물었었다. 〈너 졸업하면 몇 살이지?〉 용기는 나직하게 한숨을 쉬었다.

「그러게. 큰일이야. 덜컥 붙을 줄 몰랐는데.」

이제 도망갈 수도 없다고 용기는 용기라곤 한 줌도 없는 음성으로 중얼거렸다. 그가 왜인지 나에게만은 자주 진심을 털어놓았다는 걸 나는 알고 있었다. 제주도에서의 커밍아웃이 그랬듯이. 졸업을 한 뒤 용기는 상업 사진 업계에서 차근차근 경력을 쌓아 갔다. 30대 중반부터는 자신의 스튜디오를 차려 성실하게 운영하는 중이었다.

줌 회의실에서 옛 친구들은 어느 때보다 서로에게 다정했고 분위기는 평화로웠다. 어쩌다 보니 나와 용기가 마지막까지 남았다. 둘이 오랜만에 이런저런 이야기를 나눴다. 어떻게 지내느냐고 묻자 용기는 태국인과 롱디인데 망할 코로나 때문에 생이별 중이라고 말했다. 예나 지금이나 용기는 변함이 없구나 싶었다.

근황을 물으면 연애를 중심으로 답하는 게 똑같아서 웃음이 났다.
「야, 우리 이러다 영원히 못 만나는 거 아니야?」
「무슨 소리야. 거리 두기 풀리면 그날 밤에 당장 만나야지.」
그러나 코로나가 종식되고 몇 해가 흐르도록 우리는 만나지 못했다.
저 멀리 안쪽 자리에서 용기가 손을 번쩍 들었다. 나는 눈을 껌뻑였다. 그사이 용기의 체중은 10킬로그램은 너끈히 불어난 듯했다.

*

한 달 만인가, 꽤 오랜만에 얼굴을 보는데도 우리는 어제 만난 듯 피차 덤덤했다. 서로의 블로그를 통해 요새 어떻게 사는지 대강 알고 있기 때문일 것이다. 특히 사진 찍기를 즐기는 용기는 하루에도 두어 번씩 새로운 사진들을 업데이트했다. 특별할 것은 아무것도 없었다. 집 옥상에서 바라본 하늘의 구름 모양, 솥뚜껑 불판 위에서 지지직지지직 타 들어가는 돼지고기 살점들, 횡단보도 건너편에서 초록색 신호를 기다리는 행인들. 용기의 디지털카메라 메모리는 그런 일상의 잡동사니들로 가득했다. 몇 번인가 나도 그의 피사체가 된 적이 있었다. 대개는 술자리에서 넋을 놓은 채 남의 말을 듣는 둥 마는 둥 하며 반쯤 졸고 있는 옆모습 따위였다. 세상사에 초연한 듯한 표정을 짓고 있는 용기 사진 속의 나를 보면서, 내가 아닌 것 같은데 내가 아니지 않네, 하고 생각했다. 사진 속의 여자에게서 가끔 어떤 미래의 사람이 짓는, 아직 발견되지 않은 표정을 엿보고 흠칫 놀라기도 했다.

*

황금연휴의 국제공항은 지나치게 붐비고 어수선했다. 용기는 스카이블루색 하와이언 셔츠에, 흰색 리넨 반바지 차림이었다. 어깨에 둘러멘 묵직한 카메라 가방이 아니었다면 일하러 가는 길임을 아무도 짐작 못 할 패션이었다. 일단 나와는 다른 세계에 속한 듯했다. 숙소가 촬영 현장이라는 말에 나는 예의상 긴바지를 입고 점잖은 카디건까지 걸쳐 입었기 때문이다. 회사원의 오랜 관성이었다. 용기에게 전해 듣기로 내 역할은 촬영이 원활히 진행되도록 돕는 진행 스태프였다. 오래전 푸껫의 한 신축 리조트가 완공되는 대로 이미지 촬영을 원한다는 의뢰를 받았고, 이제 그 날짜가 되었다고 용기는 설명했다.

「그럼 너희 직원이랑 가야지. 왜?」

「다들 너무너무 바빠서.」

「내가 가는 건 일종의 사기 아니야?」

사기를 당하는 역할이야 상상했어도, 내 쪽에서 치는 역할은 상상해 보지 못했다. 용기가 장난스럽게 웃었다.

「어차피 스태프는 딱히 할 일이 없어. 사람 못 지나가게 막거나, 반사판 들고 서 있는 정도. 혹시나 해서 우리 팀 앞으로 방 두 개를 빼둔 상태라는데 나 혼자 가면 더 미안하잖아.」

촬영에 하루가 필요하고, 나머지는 자유 시간이라고 했다.

「그런데 왜 하필 나야? 너 혹시, 같이 가려던 사람하고 또 헤어진 거야?」

용기는 머뭇대려는 시늉도 없이 고개를 끄덕였다.

비행기가 활주로를 달리기도 전에 용기는 안대를 착용했다. 주치의인 정신 의학과 의사의 처방대로 항불안제를 먹고 왔다고 했다. 특이한 일도 아니었다. 정신과에 정기적으로 다니는 사람들은 내 주변에 하나둘이 아니었다. 나 역시 한때 병원에 다닌 적이 있었다. 막 40대가 되었을 무렵이었다. 가만히 누워 있는데 속에서 답답하고 뜨거운 것이 치받혀 올랐다. 검사 결과 우울증은 아직 아니지만 그 전 단계가 의심된다고 했다. 의사는 방치하면 심해질 수 있다고 경고하면서 심리 상담을 추천했다. 심리 상담사는 나를 향해 거절을 못 하는 사람이라는 진단을 내렸다. 갈등 회피형 인간이라는 뜻이라고 했다. 거절이 갈등의 시작도, 단절의 시작도 아니라고 했다. 정말로 반색할 만한 일 말고는 일단 무조건 〈아니〉라고 말하는 연습이 필요하다는 것이다.

「감정을 싣지 말고, 아무렇지도 않게 말해야 합니다. 아니! 그건 안 돼.」

한동안 나는 입속으로 허밍처럼 중얼거리고 다녔다. 아니, 아니, 아니. 안 됩니다, 안 합니다, 안 한다고요. 심리 상담을 두 달쯤 지속한 뒤 그만둔 건 그의 말을 완전히 이해해서도, 내 증상이 없어져서도 아니었다. 상담료가 너무 비싸서였다. 옛 친구의 말을 거절하지 못하고 이 황금연휴에 푸껫으로 날아가고 있다는 이야기를 전하면 심리 상담사는 뭐라고 할까. 안대로 얼굴의 반을 가린 채 용기가 말했다.

「미경아, 진짜 고마워. 네가 아니었으면 도저히 혼자서는 거길 갈 수가 없었을 거야.」

*

용기는 전형적인 여행객 복장을 하고 김포 공항에 나타났다.

머리에는 알록달록한 털실로 짠 모자를 뒤집어썼고, 검은색의 두꺼운 파카는 방수 재질인 듯 번들거렸다. 발치에 놓인 등산용 배낭은 내 어깨에 사뿐히 얹힌 가죽 백팩과 비교되어 더 거대해 보였다. 대체 저 속에 뭐가 든 것일까. 베개라도 넣어 왔나. 용기 역시 일상과 다를 바 없는 내 옷차림에 적이 당황한 눈치였다.

「등산화 안 신었네? 어디, 가방 속에 넣어 왔어?」

나는 절레절레 고개를 저었다. 등산화라면 단 한 번도 가져 본 일이 없었다.

「한라산 만만히 생각하면 큰일 난다. 너, 진짜 괜찮겠어?」

2박 3일간의 일정에 한라산 등반 계획이 들어 있을 줄이야.

「누가 산에 올라간대?」

「제주도까지 가서 한라산에 안 가겠다는 게 말이 되냐?」

「그럼 나 여기서 그냥 돌아간다.」

용기가 꼬리를 내렸다.

「아니, 정 싫으면 말든가.」

비행기는 예정 시간보다 5분 늦게 활주로를 이륙했다. 맑은 날씨였다. 수직으로 날아오른 기체가 안정권에 접어들 때까지 나는 두 눈을 꼭 감고 있었다. 항공기 사고의 대부분이 이륙과 착륙 시에 일어난다는 기사를 읽은 기억이 생생했지만 옆자리의 용기에게는 아무 말도 하지 않았다. 이것이 내 생애 첫 비행이라는 사실도 말하지 않았다. 용기는 줄곧 책 속에 코를 박고 있었다. 〈101퍼센트 즐기자! 제주도 여행의 모든 것〉이라는 거창한 제목의 여행 서적이었다. 뒷좌석에 앉은 아이가 자꾸만 내 의자 등받이를 발로 찼다.

그때 갑자기 비행기가 아래위로 요동쳤다. 기류 변화 때문에 기체가 흔들리고 있으니 제자리에 앉아 안전벨트를 매달라는 안내 방송이 나왔다. 나도 모르게 용기의 팔을 부여잡았다. 용기도 부들부들 떨고 있었다.

「너도 처음이야?」

안심이 되었다. 나 혼자만 무섭지 않다는 것이. 비행기는 오래지 않아 제주 상공에 진입했다.

*

푸껫은 역시 섬이었다. 몰랐던 것도 아닌데 비행기가 마치 바다 위로 착륙하는 것처럼 느껴졌다. 푸껫 공항은 다른 도시의 공항과 다를 바 없는 현대적 공항이었다. 입국 심사대에 이미 줄이 길었다. 줄 끄트머리에 서서야 비행기 승무원에게서도, 공항 어디에서도 입국 신고서를 받지 못했다는 생각이 났다. 원래 없었나. 있었던 것 같은데 이제 없어졌나 봐. 나와 용기는 별 뜻 없는 수다를 나누었다. 내 차례였다. 여권을 받아 간 출입국 직원이 내게 뭐라고 외쳤다. 티디에이씨! 못 알아듣는 눈치자 갑자기 손가락으로 아까 거쳐 온 대기 줄을 가리켰다. 빽! 다시 돌아가라는 뜻인 듯했다.

나는 입국을 거부당했다. 대체 무슨 영문인지 알 수가 없었다. 옆을 보니 용기 역시 나와 같은 꼴이었다. 어느 나라의 영토인지 아닌지 모를 곳의 한 귀퉁이에 쭈그려 앉아 우리는 폭풍 검색을 시작했다.

「어, 큰일 났다. 온라인으로 미리 하는 건가 봐. 바뀌었대.」

대기 줄의 모든 사람이 다 휴대폰을 소중하게 꼭 쥐고 있는 모습이 그제야 눈에 들어왔다. 그럼 스마트폰 없으면 입국도 하지 못하는 거냐고 내가 불평했다. 그때였다.

「미안하다.」

용기가 갑자기 제 무릎에 이마를 묻었다.

「내가 요즘 정신이 완전히 나가서. 한 번만 찾아봐도 알 수 있었는데.」

어깨를 들썩이는 것도 같았다. 혹시 우는 건가? 난감하기 이를 데 없었다. 막 도착한 비행기에서 한 떼의 중국인들이 쏟아져 들어왔다. 그들이 우리 쪽을 흘낏거리며 지나갔다. 하와이언 셔츠를 입은 덩치 큰 남자가 남의 나라 입국 심사장에서 흐느끼는 건 흔히 볼 수 있는 광경은 아닐 테니까. 나는 용기의 등에 가만히 손을 얹었다. 어색하게, 한 번, 두 번 토닥였다. 언젠가 아주 오래전 내가 엄청나게 취했을 때 용기가 이렇게 등을 두드려 주었던 기억이 났다. 속에 있는 걸 다 토해 버리라고, 그래야 편안해진다고, 토닥토닥.

「야, 안 늦었어. 지금부터 하면 되지.」

나는, 어쩌면 내가 듣고 싶었던 말을 했다. 용기가 주저주저 몸을 일으켰다. 다행히 얼굴에 눈물의 흔적은 없었다.

「폰 어딨어. 여권 번호부터 적고. 빨리빨리.」

한국인답게 나는 용기를 재촉했다.

「옛날엔 여행서에 다 나와 있었는데.」

웅얼대면서 용기는 한 손으로 여권을 펼쳤다.

「요즘 그런 거 누가 읽니. 정신 바짝 안 차리면 우리 이제 큰일 나는 나이야. 국제 미아 되는 거야.」

「미아는 아니지. 어른인데.」

공항 노숙자? 국제 고립자? 입국과 미입국의 경계에 남겨진 인간을 뭐라고 불러야 할까. 마침내 입국 심사대를 무사히 통과해 태국 영토를 밟을 때까지 물음표가 머릿속을 맴돌았다. 공항 밖은 무덥고 눅눅했다. 용기는 택시는 전용 앱으로 잡아야 한다고 했다. 푸껫에 전에 왔을 때 그랬다고 말했다.

택시 앱은 계속 오류가 났다. 한국의 신용 카드 은행 앱과 잘 연동되지 않았다. 할 수 없이 공항에 늘어선 택시를 탔다. 용기가 구글 맵을 보여 주며 호텔 이름을 말하자 드라이버는 잘 안다면서 〈노 프라블럼〉이라고 큰소리쳤다. 그는 서른이 갓 넘었을 것 같은 젊은 남자였다. 한 손으로는 핸들을 잡고, 또 한 손으로는 연신 휴대폰으로 메시지를 쓰고, 입으로는 계속 우리에게 말을 걸었다.

「웨딩 커플? 허니문?」

아니라고 하자 갑자기 알겠다는 듯 〈시스터? 브라더?〉라고 외쳤다.

「룩 시밀러!」

우리가 닮았다고? 용기가 웃으면서 예스라고 대답했다. 드라이버가 자신의 휴대폰을 뒷자리에 디밀었다. 눈이 새까만 남녀 꼬마 아이들의 사진이었다.

「마이 도터 앤드 손. 트윈스. 시스터 앤드 브라더.」

차창 밖으로 낯선 풍경들이 빠르게 흘러갔다. 용기가 내게 살짝 턱짓을 했다. 드라이버가, 한 손으로 핸들을 잡고서 다른 한 손으로는 휴대폰의 메신저 창에 연달아 새빨간 하트를 보내고 있었다.

「아까 그 쌍둥이들은 뭐야.」

「쌍둥이 엄마한테 보내는가 보지.」

우리는 소리 죽여 실없는 말을 나누었다. 용기는 눈치채지 못했겠지만 사실 나는 불안했다. 차가 알 수 없는 방향으로 미끄러지고 있다는 느낌이 들었다. 정말로 터무니없는 예감인 줄 알면서도 그랬다. 나에게 세상은 자주, 사방이 낯선 곳이었다.

*

그는 제주 여행 관련 사이트들을 샅샅이 뒤진 끝에 제주도에서 가장 멋진 펜션을 알아내어 예약해 놓았다고 큰소리쳤다.

「언덕 위에 있는 그림 같은 집인데 방마다 테라스가 있어. 테라스에 딱 서면 바다가 한눈에 보이는 거지. 창문이 통유리거든. 이름은 지중해 파라다이스.」

「제주도에 있는 펜션 이름에 왜 지중해가 들어가냐.」

「그만큼 멋있다는 뜻이겠지. 지중해처럼 천국 같은 곳이라는, 뭐 그런 뜻으로.」

「너 지중해 가봤어?」

「아니.」

「안 가봤으면서 멋있는지 천국인지 어떻게 알아? 아무튼 피상

적이야.」

「아이 씨.」

용기가 입술을 비죽대며 택시 승차장으로 걸어갔다. 나는 용기의 등산복 소매를 잡았다.

「미쳤냐. 버스 타자.」

「나 돈 많다니까.」

익숙하지 않은 일은 자꾸 잊어버린다. 승차장에는 사람은 아무도 없고 빈 택시 줄만 길게 늘어서 있었다. 우리는 맨 앞에 선 택시에 당당히 올라탔다.

「지중해 파라다이스 펜션 가주세요.」

택시 기사가 어이없어했다.

「그게 어딘데요?」

「서, 서귀포라는데요.」

「서귀포 어디?」

「그, 글쎄요. 서귀포 지중해 파라다이스 펜션인데. 그러니까, 언덕, 언덕 위에 있는데요.」

기사가 뒷좌석으로 고개를 돌렸다. 내가 다 면목이 없었다. 나는 용기를 힘껏 째려보았다. 용기는 손에 쥐고 있던 털모자를 깊숙이 눌러썼다.

「주소 안 적어 왔어요? 전화번호라도?」

용기는 말없이 창밖으로 눈을 돌렸다. 택시 기사는 나만큼이나 황당해하는 눈치였다.

「하, 미치겠다. 정말 대책 없는 학생이네. 휴대폰 없어? 064 누르고 114에 걸어서 번호 물어봐요. 찾는 곳 이름 또박또박 대라고.」

그가 혀를 차며 갓길에 차를 세웠다. 114에 전화를 건 것은 나였다. 제주 지역 안내원도 서울 지역 안내원과 똑같은 솔솔솔 음계의 어조로 전화를 받았다. 그리고, 죄송합니다, 번호가 없습니다, 라고 말했다.

「다시 한번만 찾아봐 주세요. 숙박업소이고요. 지.중.해.파.라.다.이.스.」

「숙박업소 지중해 파라다이스 말씀이십니까! 죄송합니다. 없습니다.」

*

쌍둥이 아빠이자 사랑꾼인 드라이버는 우리와 우리의 짐을 엉뚱한 곳에 내려놓았다. 용기가 구글 맵을 가리키며 여기가 거기가 아닌 것 같다고 말하자 드라이버는 아닌 게 아니라고, 틀림없이 맞다고, 여기가 〈선셋〉이라고 더 큰 목소리로 주장했다. 그곳은 리조트라기보다는 학교나 교도소처럼 보이는 건물이었다. 경비원 복장을 한 사람들이 입구를 어슬렁거리고 있었다. 내가 물었다.

「Where am I?」

웨어 엠 아이. 내가 어디 있나요? 여기는 선셋 쇼핑몰, 당신은 지금 쇼핑몰에 와 있다고 경비원이 알려 주었다. 우리는 다시 검색을 시작했다. 이미 등줄기가 땀으로 푹 젖었다. 다시 택시를 타고 몇 번의 확인을 거쳐 목적지에 도착할 수 있었다. 집을 떠난 지 열 시간 만이었다. 용기를 초청한 호텔은 바닷가가 아니라 고만고만한 잡화점들이 몰려선 거리의 한 귀퉁이에 있었다. 의외로 규모가 작고 소박한 곳이었다. 체크인 카운터에 있던 노인이 반색을 하며 뛰어나왔다. 이곳의 호텔리어이자 사장인 나란이라고 자신을 소개했다. 나란은 용기의 손을 잡고 흔들었다.

「나우, 마이 드림 케임 트루.」

그는 이 순간 꿈을 이루었다고 말했다. 십 년 전쯤에 당신이 찍은 사진을 본 적이 있어요. 어떤 잡지에서. 호텔 로비에 초록색 소파가 있고, 낮은 나무 탁자 위에 유리병이 있고, 그 속에 이름 모를 분홍색 꽃 한 송이가 꽂혀 있었어요. 그 순간 나는 알았죠. 내가 오랫동안 그런 공간을 만들고 싶어 했다는 걸요. 그건 나에겐 정말 특별한 사진이었어요. 그 세계를 이제 완성했고, 이제 당신의 능력이 필요합니다. 당신에게 부탁할 순간이 왔어요.

용기는 다소 얼빠진 표정으로 땡큐, 땡큐만을 되뇌었다. 방으로 올라가는 엘리베이터 안에서 그는 어깨의 카메라 가방을 고쳐 맸다. 그러더니 들릴락 말락 한 음성으로 말했다.

「그거 생수 광고였는데. 옆에 생수병 있는 건 안 보였나 보다. 실패였네.」

그렇지만 그의 눈빛이 촉촉해진 것을 나는 보았다.

엘리베이터는 아주 느리게 상승했다. 우리의 방은 바로 옆이었다. 내 방은 작고 정갈했다. 정말로 호리병처럼 생긴, 입구가 좁은 유리 꽃병에 분홍색 꽃 한송이가 꽂혀 있었다. 생화였다. 나는 2인용 침대의 가운데에 혼자 누워 몸 전체를 쭉 펼쳤다. 예기치 못한 평화였다. 문 두드리는 소리가 났다. 용기가 내 방문에 머리를 들이밀고 말했다.

「내 방에선 창밖에 바다가 안 보여. 들판 같은 것밖에 안 보여. 여긴 어때?」

다를 리가 없었다.

「아니 사방이 다 바단데 뭘 그래? 방에서 좀 안 보이면 어떻다고. 그리고 저기 서서 잘 보다 보면 다 보여.」

언젠가 누구에게선가 들은 적 있는 듯한 말을 나는 따라 했다. 인생은 그런 아무 말들의 되풀이인지도 모른다.

「저기 서서?」

우리는 창문에 매달려 눈을 가늘게 떴다. 오래 봐도 바다는 보이지 않았다. 비스듬한 방향으로 들판을 서성대는 동물은 몇 마리 보였다. 개인지, 소인지, 아니면 돼지인지 우리는 옥신각신했다. 아니 코끼리인지도 모른다. 우리는 같이 웃었다. 웃으려고 작정한 것처럼. 용기가 돌아가고 캐리어를 열다가 나는 불현듯 그건 사람이었겠구나 싶었다.

*

〈소인국 미니 월드 500미터 전방〉이라는 안내판이 곧 나타났다. 왼발, 오른발, 왼발, 오른발. 우리의 운동화와 등산화가 나란히 땅을 디뎠다. 아주 잠깐, 우리가 같은 요람에서 태어난 남매 같다는 생각이 들었다. 흰색, 빨간색, 초록색, 노란색 페인트를 울긋불긋 칠한 소인국 미니 월드의 입구는 퇴락한 놀이공원의 분위기가 났다. 시드니의 오페라 하우스, 프랑스의 에펠 탑, 중국의 만리장성, 캄보디아의 앙코르 와트, 한국의 국회 의사당을 재현해 놓은 미니어처 앞에서 사람들은 연신 사진을 찍어 댔다.

화장실에 갈 때도 카메라를 들고 가 남성용 소변기를 찍어 블로그에 올리곤 하던 용기는 디카를 가지고 오지 않았다고 했다. 전 애인에게 받은 선물은 헤어지고 다 팔았다고 했다. 나는 디카가 없었지만, 일 년 할부로 구입한 핸드폰에는 200만 화소의 카메라가 장착되어 있었다. 용기를 세계에서 가장 아름답다는 건축물, 인도의 타지마할 앞에 세워 두고 셔터 버튼을 눌렀다. 스마일! 기계음이 다정했다. 털모자 대신 흰 터번을 둘렀다면 훨씬 근사해 보였을 텐데. 2005년 1월 25일 오후 2시 35분의 용기는 사각의 액정 화면 속에 박제되었다.

*

구글 맵에 따르면 근처에 사원이 하나 있었다. 그 중간 어딘가에는 평점 4.9의 레스토랑도 있었다. 맛있는 샌드위치와 팟타이를 먹을 수 있다는 후기를 보았다. 우리는 목적지를 특정하지 않은 채 어슬렁어슬렁 그 방향으로 걸었다. 이 섬의 도롯가엔 인도가 없었다. 달려오는 차와 오토바이를 행인이 요령껏 피하며 가야 했다. 둘이 나란히 걷기는 불가능했다. 나와 용기는 앞서거니 뒤서거니 걸어야 했다.

오래지 않아 아주 조그만 사원이 나타났다. 지키는 사람도,

기도하는 사람도 없었다. 기도를 해볼까 하다가 그만두었다. 무언가를 비는 일이라면 자신 있었지만, 나 같은 인간까지 돌보기엔 신이 너무 바쁘다는 것도 이해한다. 용기는 드디어 마땅히 해야 할 일을 찾았다는 듯, 양손을 맞잡고 눈을 감고 있었다. 그가 기원하는 내용을 나는 알지 못했다. 하지만 그것이 무엇이든 너무 힘들지 않게 이루어지기를 바랐다.

기도를 마친 용기에게, 거기 황금빛 지붕 아래 한가운데에 잘 서 보라고 말했다. 아이폰 15의 카메라는 몇 만 화소일까. 오천만 화소쯤 될 것이다. 어떻게든 찌푸린 표정을 짓지 않으려고 노력하는, 2025년 5월 1일 태국 현지 시각인 오후 6시 20분의 용기가 내 사진첩에 박제되었다. 이십 년 전 가짜 타지마할 앞에서 찍었던 사진은 흔적도 없이 사라졌지만, 다시 이십 년 후에도 이렇게 그를 찍을 수 있으면 좋겠다고 생각했다. 이십 년 후의 내 모습이 궁금하다는 뜻이기도 하다.

먼 하늘에 석양이 번지기 시작했다. 기억할 만한 노을이었다. 우리는 자리에 선 채로 노을을 바라보다가, 이내 왔던 길을 되짚어 묵묵히 걸었다. 저물어 가는 빛 속에서 우연히 평점 4.9의 식당을 발견하게 되면 좋을 것이다. 인생에는 드물게 그런 행운이 있으니까. 발견하지 못해도 또 다른 곳이 있다는 걸 우리는 이제 안다. 마흔여섯 살의 박미경과 이용기가 함께.

*

오늘은 이렇게 눈 속에 묻혀 고요히 흘러간다. 그리고 내일은. 내일은, 비행기가 뜰까. 우리는 제주를 떠나 서울로 무사히 돌아갈 수 있을까. 돌아가지 않는다 해도 대수겠는가. 돌아가지 않고, 내 여섯 번째 명함에 064로 시작하는 제주도의 지역 번호를 새기는 거다. 운전면허를 따서 택시 기사가 되어 볼까. 아니면 지중해 파라다이스 펜션을 기어이 찾아내 직원으로 지원해 볼까. 창밖으로 흰 눈이 설탕 가루처럼 떨어져 내렸다. 저기 멀리 한라산이 섬처럼 흔들렸다. 가지 못한 곳이었다. 스물여섯 살의 이용기와 박미경이 함께.

* 이 소설에는 2005년 『한국문학』 봄 호에 발표했던 「내일 또 내일」을 다시 쓴 부분이 일부 포함되어 있다.

그녀들
조경란

유월 중순에도 영서는 자주 지난 삼월로 돌아갔다. 소독해 잘 말려 둔 유리병에 어머니가 삶아 둔 병아리콩을 담고 있는 지금도.

첫 주 개강하던 날 영서는 열다섯 명의 학생에게 종이를 나눠 주곤 수업에 원하는 점이나 강사에게 하고 싶은 말을 써달라고 했다. 자기 자신에 관해 강사가 알아 두면 좋을 말도 함께. 코로나 이후 우울증과 공황 장애를 앓는 학생들이 늘어 보였다. 수업 중 영서 목소리에 깜짝깜짝 놀라는 학생도 있고 밖에 자주 나갔다 와야 하는 학생도, 병원 진료가 예약된 학생도 있었다. 학기 시작 전에 자신에게 그런 정보를 주면 학생에 대한 이해가 생길 듯했다. 왜 수업 중에 돌연히 일어나 화가 난 것처럼 강의실을 나가 버리는지, 질문에 대답은 하지 않고 왜 빤히 쳐다보기만 하는지. 정보. 어쩌면 그 단어 때문이었을지 몰랐다. 학교 인권 위원회에서 연락이 왔다. 신고가 들어왔으니 면담이 필요하다고. 어렵게 유지하고 있는 강의였다. 문제를 일으킨다면 무엇보다 영서에게 좋지 않았다. 조심스럽게 자신이 신고를 당한 이유를 물었다. 원치 않는데 교수가 수업 시간에 자기소개서를 쓰게 했다는 것이다. 그것도 가능한 한 구체적으로.

구체적으로. 그 표현을 쓰긴 했다. 학생들은 어렵고 낯선 타인들이었다. 15주만은 순조롭게 보내야 할 필요가 있는데 영서가 한 첫 번째 서툰 노력은 어떤 학생들에게 오해를 일으킨 듯했다.

누가 자신을 오해한다면 사람들은 어떤 행동을 할 수 있을까. 영서는 평소처럼 그냥 내버려둘 수 없었다. 강의와 관련된 일인 데다 이번 학기에 유일하게 맡은 과목이었다. 강의 외에 다른 일로 돈을 벌어 본 적이 별로 없고 다른 일이 가능한 것도 대학에 강의를 나가고 있다는 조건 때문이었다. 오십을 앞둔 지금 불가피하게 그 조건을 고려해 봐야 할 때가 왔다는 걸 알지만 가능한 한 미루고 싶었다.

인권 위원회는 도서관 건물 지하 삼 층에 있었다. 계단이 좁고 어두워 여기가 학교 건물이라는 게 믿기지 않았다. 학생들이 잘 찾아올 수 있을까. 계단을 내려가며 그런 걱정이 들었고 더 쓸데없는 생각에 빠지지 않도록 다리에 힘을 주었다. 하늘색 스카프를 승무원처럼 목에 빳빳하게 두른 인권 위원회 소장이 학생이 작성한 신고서를 내밀었다. 영서는 고개 숙인 채 그 신고서를 오래 읽었다. 소장이 그녀에게 말했다. 이럴 때 학생들의 요구는 보통 둘 중 하나예요. 파면이나 징계요. 침을 삼키는데 목이 아팠다. 자신의 위치가 깨달아졌다. 이런 일로도 얼마든지 파면이나 징계가 가능한 허술한 자리라는 걸. 그 꼬리표가 붙는다면 다른 대학에서도 강의를 맡기지 않을 것이다. 어쩌면 영원히. 그런데 이번엔 좀 이상해요. 학생들이 원하는 건 사과예요. 사과하고 수업하기. 보기에 따라 소장이 미소 짓거나 의심이 남은 얼굴로 영서에게 넌지시 말했다. 애들도 강의가 취소되는 건 원치 않는 거죠, 아니면 선생님 수업은 듣고 싶은 걸 수도 있고요.

   영서는 소장에게 인사하고 나가며 한마디 했다. 계단에 전등이 나갔으니 고치는 게 좋겠다고.

   수업 시간이 삼십 분 지나 있었다. 다들 영서가 어디 다녀오는 길인지 알고 있었다. 영서가 강의실로 들어서자 학생들이 모두 올려다봤다. 냉담하게까지 느껴지는 침묵이었다. 어린 괴물들. 영서는 하마터면 그런 말을 내뱉을 뻔했다. 그러자 강단에 선 자신이 더 그렇게 느껴졌다. 영서는 학생들 눈을 피하지 않는 방식으로 자신이 강의실에 끌고 들어온 오해와 수치심을 빤히 응시했다. 사과는 하고 싶지 않았다. 지난 첫 시간에 왜 그 글을 쓰게 했는지 이유를 말했다. 그런데도 영서 귀에는 사과처럼 들렸다. 긴장으로 떨리는 두 손을 바지 주머니에 찔러 넣으며 물었다. 자, 제가 이제 수업을 시작할까요, 아니면 이 강의실에서 나갈까요?

세 병째 병아리콩을 담았다. 어머니가 삶아서 식힌 병아리콩이다. 어머니에게 새 관심사가 생긴 건 다행이었다. 그게 병아리콩인 건 좀 어떨지 모르지만. 어디서 들었는지 병아리콩에 든 단백질이 뇌를 튼튼하게 하고 긍정적인 세포를 생성시킨다고 했다. 영서는 그게 사실인지 아닌지 검색해 보고 싶지 않았다. 비록 콩에 불과하지만 어머니가 무언가에 의욕을 보인다는 건 긍정적인 조짐이니까. 다만 어머니가 병아리콩을 사는 방식을 좋아할 순 없었다. 생활비를 아껴야 해. 이 짧은 문장은 매번 어머니의 만트라처럼 들렸다. 이렇게라도 둘이 생활할 수 있는 건 불행 중 다행이라는 잠재적 의미를 살짝 가린.

학기를 무사히 마친 것도 다행한 일이었다. 수업을 시작하시면 좋겠어요, 라고 한 학생이 대표로 말하자 다른 학생들이 고개를 끄덕였다. 그다음 주에 강의실을 들어서려는데 복도에서 과호흡이 왔다. 공황 장애 진단을 받은 건 영서였다. 강의실 문을 열고 들어가면 학생들이 보이지 않고 신고한 학생부터 의식됐다. 그냥 좋은 수업이 아니라 최선을 다한 수업이되기도 해야 했다. 자신을 시험하고 시험받는 것 같은 학기가 끝나기도 전에 무더위가 몰려왔고 지난주 수요일 종강하는 날엔 본교까지 가는 두 시간 거리의 교직원 셔틀에서 영서는 기진맥진한 채 앉아 몇 번인가 도리머리 질을 했다. 조용하고 차가운 비난 같은 얼룩이 남은 셔츠 앞섶을 두 팔로 둘러 가린 채.

괜찮아요. 그럴 수 있어요.

시인 오라면 그렇게 말했을 것이다. 그러곤 곧, 잘 견뎠어요, 라고 덧붙이기도 했을 것이다. 여름 방학 땐 아무것도 하지 말고 쉬어요, 그냥 쉬어요. 그 듣고 싶은 말을 듣게 될 때까지 기다렸다가 영서는 그렇지? 나 그렇게 해도 되겠지? 응수했을 것이다.

오를 만나지 않게 되면서부터 하고 싶은 말을 할 데가 없다는 걸 알게 되었다. 오와 만나지 않게 된 건 더는 말을 나누고 싶지 않아서였을지 모르는데.

어머니와는 생활비 얘기를 나눌 순 있어도 학교에서 생긴 문제에 대해 말할 수는 없다. 가까운 이들과는 그런 문제에 대해 털어놓을 수 있어도 생활비 얘길 꺼내기 어렵듯. 수많은 날, 오와는 시시콜콜한 이야기를 나누었고 궁금해했고 들었다. 언제가 서로 만나지 않게 될 날을 알지 못한 채.

이 나란 나란한 유리병들. 한때는 오가 청귤, 레몬, 생강, 마늘 등으로 계절마다 청을 만들어 담아 주었던 병들이었다. 집에 왜 이렇게 빈 유리병들이 많아. 어머니가 싱크대 하부 장을 열고 말을 할 때 영서는 알았다. 오의 일부는 빈 유리병으로 전환되어 자신에게 아직 남아 있다고. 좁은 집과 더 비좁은 가슴 한쪽에.

복잡한 마음은 작고 동글동글한 병아리콩을 병에 다 담고도 사라지지 않는다.

어제 윤 선배의 문자 메시지를 받았을 때 영서는 윤 선배가 아니라 시인 오부터 떠올렸다. 오가 있어서 더 가까워지고 싶었던 윤 선배가 아니라.

저 사람들 어떡하니.

보라색 블라우스를 입은 어머니가 기차 안 모니터를 가리켰다. 광주 타이어 공장에서 일어난 화재가 연일 보도되고 있었다. 우리가 가는 도시에 있는 고성능 화학차까지 지금 모두

저기로 투입됐대, 라고 어머니는 소곤거리듯 덧붙였다. 어머니가 그걸 어떻게 알고 있는지 의아했지만 영서는 묻지 않았다. 혼자 있고 싶은 마음이 너무 커져서. 지난달 셋째 주 토요일이었다. KTX를 타고 어머니와 대구에 가던 날, 하늘이 흐렸고 어머니는 전혀 즐거워하지 않았다. 서로 지금 쓸데없는 짓을 하는 건지도 몰라. 영서는 숨을 한번 내쉬고 뒤늦게 대꾸했다. 불을 모두 끄기까지 일주일이나 걸릴지 모른대요.

이번 달 셋째 주 토요일 21일에는 오송에 가기로 예정돼 있었다. 즐거워하지도 않으면서 어머니는 이 일정을 취소하거나 변동이 생기길 원하지 않는 눈치였다. 이거 봐, 하며 신문에서 오린 정보를 내밀었다. 이제 막 두 번째 약속이었다. 깨버리거나 후회하기에는 너무 이른. 그러나 윤 선배가 영서를 만났으면 한 날도 토요일이었다.

통화하고 싶은데 좋은 시간을 알려 줘. 윤 선배는 메시지부터 보냈다. 선배와 마지막으로 통화한 건 일 년 반 전쯤이었나. 선배는 신중하고 예의 바른 사람이었다. 잘못 보면 허물없이 지내는 걸 처음부터 차단하는 것 같은 사람. 선배, 난 요즘 사람 만나는 일도 힘들어졌고 통화 한번 하기도 힘을 내야 가능한 사람이 돼버렸어요. 그런 소린 하지 않고 전화하기로 한 저녁이 되길 기다렸다. 영서는 휴대 전화를 침대 사이드

테이블에 놓고 웅크린 채 누웠다가 다시 일어나 바닥에 앉았다. 다리를 뻗었다가 무릎을 굽히곤 고개를 숙였다. 그때 오에게 갔었느냐고 묻지 마. 영서는 자신에게 단단히 말했다. 이럴 땐 말을 조심하지 않아도 됐고 단어를 고르지 않아도 되었다. 그래서 자신에게 막말하게 될 때가 많았지만.

선배는 토요일에 이수에 가게 됐는데 그녀 생각이 났다고 친근한 소리로 물었다.

거기가 동네 근처지?

윤 선배와는 알고 지낸 지 거의 이십 년쯤 됐다. 처음엔 선배가 시사 주간지의 사회 환경 담당 기자일 때 작은 포럼에서 만났고 십여 년 전엔 책 읽는 여성들의 모임에 영서를 데려가 줬다. 시인 오도 거기서 만났다. 모임에 심리학 전공인 멤버가 있었는데 토론 후 이차 자리에서 이런 말을 한 게 기억에 남았다. 대인 관계의 원형 유형 표로 보면 오는 친화형이고 윤 선배는 실리형에 가까우며 영서는 고립형이라고. 고립형. 그 표현은 부정적으로 들리지 않았는데도 그 말이 자신의 발목을 잡을 거라는, 어떤 예시처럼 들린 건 사실이었다. 오가 친화력을 발휘해 그 심리학 여성에게 질문했다. 본인은 어떤 유형이냐고. 저는 사실 실리형과 고립형 사이에 있는 냉담형이죠. 모두가 웃었다. 자, 이제 됐죠? 하는 장난스러운 눈으로 오가 영서에게 눈을 깜박거렸던 순간도 떠올랐다. 그건 오가 영서에게 손을 내밀었던 많은 순간의 시작이기도 했다. 어째서인지 그 모임은 잘되지 않았고 일이 년 후 오와 윤 선배와 셋이 만나게 되다가 차츰 그렇지 않게 되었다.

정신없어, 그만 왔다 갔다 하고 밥 먹어.

어머니의 목소리가 자신이 목요일 6시 5분에 안방과 거실 사이에 서 있다는 걸 알아차리게 했다. 어머니와 둘만 남게 된 집이었다. 십 년 동안 키웠던 조카가 떠났고 아버지가 떠났고 어머니는 떠나지 않았고 자신은 떠나지 못했다. 18평 안방과 거실과 주방과 주방 옆 작은 방, 현관 옆 자신의 방. 영서는 자신의 삶이 여기에 부려져 있다는 느낌이 들었다. 학교가 아니라. 다음 학기 수업은 아직 연락이 없었다. 학원 아르바이트까지 그만두고 한 달만이라도 쉬겠다는 결정은 옳은 게 아닐지 몰랐다. 아무 데도 갈 데가 없다는 핑계로 점점 더 아무 데도 가고 싶어지지 않았고 날마다 더 그랬다. 영서가 집에만 있자 어머니가 나갔다. 시장으로, 구청 쉼터로, 골목골목으로. 그리고 땀 냄새를 풍기며 집으로 돌아와 영서에게 말을 걸기 시작했다.

밥 먹고 저기 운동장 가서 한 바퀴 돌고 올래? (싫어요.)
나가서 누구 좀 만나고 오지 그래? (나중에요.)

비행기에서 불나면 짐 챙기지 말고 탈출해야 한다는 거 아냐? (알고 싶지 않아요.)

어떤 경우에도 다시 돌아가지 않는 게 중요하대.

……언제요?

탈출할 때 말이야.

영서가 캔맥주를 따자 마주 앉은 어머니가 가지나물을 밀어 주었다. 언젠가 어머니의 노인 우울증을 지적했을 때 영서에게 누가 노인이냐? 라고 냉랭하게 되물었던. 늙는 건 문제가 아니라 과정이라고, 그 과정이 힘든 사람도 있고 수월한 사람도 있는 거 아니냐고 이해한 어머니의 말을 영서는 때때로 바꿔 보기도 한다. 우울은, 무력감은 문제가 아니라 과정이라고. 밥이 잘 넘어가지 않았다. 밥에 병아리콩이 지나치게 많고 자식에게 무슨 일인가 있다는 걸 알아차린 여성 노인이 생기 있는 엄마 역할로 전환하고 있는 게 너무 눈에 보여서.

윤 선배 이야기를 했다. 지난해 선배가 힘들어했던 이유도. 그때는 어머니의 우울감이 너무 깊어 그 비슷한 이야기는 어떤 것도 할 수 없었으니까.

그래서 만나기로 했지?

어제 통화를 마치면서 영서는 윤 선배에게 말했다. 아쉽지만 그날 어머니를 모시고 어디 가야 해서 안 되겠다고. 그건 거짓말은 아니었다. 꼭 병원이라고 말하진 않았어도 그런 뉘앙스로 느껴지게 한 건 그랬지만.
  남동생의 늘어진 면티를 입은 어머니가 영서를 똑바로 보는 것 같았다. 올케가 이 모습, 자기 남편의 낡은 옷들을 아무렇게나 걸쳐 입은 시어머니를 봤다면 또 질색했을 텐데.
  토요일에 선배 만나.
  오송 가야 하잖아요.
  살면서 잊으면 안 되는 게 있어.
  뭘요?
  선배가 그때 그거 안 빌려줬으면 어쩔 뻔했어.
  영서는 잊으려고 했던 일이었다. 그거. 어머니는 피하고 싶듯 돈을 그거라고 말하는 버릇이 있었다.

  그제부터 비가 시작되더니 간밤엔 전국에 집중 호우가 쏟아졌다. 강풍까지 동반한 장맛비였다. 영서는 비가 더 쏟아지고 바람이 더 거세지기를 바랐다. 그래서 윤 선배가 말한 행사도 취소되기를, 선배와의 약속도 취소되기를. 침수 피해를 당한 주택들과 무너진 옹벽과 돌 더미에 파묻힌 차들과 한밤을 대비하느라 차수벽을 설치하는 사람들을 화면으로 보면서는 일기 예보가 맞기를 바랐다. 새벽부터 소강 상태에 접어

든다고 했다. 영남 지방을 제외하곤 차츰 맑아질 거라고도. 그래서 어머니는 예정대로 아침 일찍 기차를 타러 갔다. 집이 비었다. 빈집에 있는 걸 좋아한 적도 있고 혼자 지내게 되길 바란 적도 있었다. 요즘은 문을 두고 사이에 있어도 밖에서 기척이 들리면 숨이 고르게 쉬어지기도 했다. 어쩌면 어머니도 그랬을까.

종강하고 밖을 나가는 게 처음이었다. 정오가 조금 지났다. 윤 선배와는 2시 전에 아트나인 12층 카페에서 만나기로 했어도 먼저 가 여유 있게 앉아 있고 싶었다. 이수는 동네라고, 근처라고 말하긴 조금 먼 데였다. 버스를 타고 열 정거장 정도 가야 하는 거리. 바람은 불지 않고 덥고 무거운 채로 고여 있는 느낌이었다. 버스 정거장 앞 흰색 교회 건물 위를 거대한 뭉게구름이 보따리처럼 내리누르는 듯 보였다. 정거장 의자에 전자 기타 가방을 세워 두고 학생처럼 보이는 여자가 앉아 있었다. 휴대 전화에 이태현이라는 이름이 떴고 여자가 통화 버튼을 눌렀다. 영서는 뒤에 서 있다가 어쩔 수 없이 그걸 보게 돼 한 발 뒤로 물러났다. 여자가 좀 나른하게 들리는 어투로 말했다. 음, 지금 만날 순 있는데 우리 만나서 뭐 해? 곧 전화를 끊은 여자는 사과 게임을 시작했다. 그게 사과 게임인 줄은 모르지만 화면 가득 채운 빨간 사과들을 지워 나가는 걸로 보아 그럴 것 같았다. 영서도 지금은 그게 하고 싶어졌다. 딴생각이 들지 않게. 영서가 만날 수 있다는 메시지를 보내자 윤 선배는 다행이라고 하며 한마디 더 썼다. 할 얘기도 있고. ……언제부터일까. 누구에게 할 얘기도 있고, 하는 말을 들으면 가슴부터 두근거리게 된 게.

극장 한편에 동물권에 관한 영화 배너와 후원 가입 신청서가 놓여 있었다. 그 옆에 곰이 프린트된 양말도. 한 환경 운동 단체에서 진행하는 행사였다. 윤 선배가 최근에 일을 시작한 기관과 긴밀하게 연결된 단체이고 영화를 볼 게 아니면 4시쯤, 같이 영화 보고 토크도 듣고 저녁을 먹자고 했다. 선배가 상영 전에 참가 신청을 한 관객들에게 인사 한마디를 해야 한다고도. 마지막으로 만났을 때 선배는 환경 잡지 만드는 일을 하고 있었고 거기에 오의 시를 수록하기도 했다. 등에 Right of Animals라고 프린트된 연두색 반팔 티셔츠를 입은 사람들이 다 관계자들인 것 같았다. 영서는 넓지 않은 카페의 구석 자리에 앉았다. 혼자 종종 와서 영화를 보러 오는 곳이기는 했다. 가끔 집을 나오고 싶어질 때. 다른 영화가 끝났는지 약간의 소란과 함께 사람들이 몰려나왔다. 영서는 커피를 마셨다. 고개를 들었고, 뭐가 잡아끄는 느낌에 관객이 나오는 쪽을 바라봤다. 누가 자신을 보고 있는 것 같아서.

……고모.

잠깐이었지만 민오의 표정에서 후회의 빛이 떠올랐다 사라졌다. 그냥 갈 수도 있었는데, 하는. 십삼 년을 어머니와 같이 키운 조카였다. 어떤 표정만 봐도 알 수 있다고 믿는 작은 존재. 어쩌면 아닐지도 모른다는 짐작이 지금 들지만 말이다. 민오와는 그제 통화했다. 민오는 아직 종강하지 않아서 이번 주까지는 송도 기숙사에 있어야 한댔다. 그래서 할머니와 동행할 수 없다고.

민오 옆에 키가 반 뼘쯤 더 커 보이고 민소매 티에 헐렁한 그레이 진을 입은 여자애가 서 있었다. 그냥 그러기만 했는데도 영서는 민오가 안 보여 주고 싶어 하는 것을 본 듯했다. 단박에 올케 생각이 났다. 올케는 그녀가 자신을 승민이라는 이름 대신 올케라고 부르는 걸 싫어했다. 그러고 보니 올케는 싫어하는 게 많은 사람이기도 한 것 같다. 영서는 여성 평균 키에서도 육칠 센티미터가 작아서인지 자신보다 키 큰 여자가 내려다보는 걸 싫어하고. 민오의 첫 번째 여자 친구 키가 너무 커 보여서 자리에서 일어나려다 말았다. 올케가 이 애들을 봤다면 지금 어떻게 했을까. 영서가 손짓해서인지, 뒤편 관객들에게 밀려서인지 그 애들이 엉거주춤하게 테이블 쪽으로 왔다.

우리 고모야.

올케가 대학에 막 입학한 민오에게 한 부탁, 아니 모종의 다짐을 어겨 버린 민오가 여자애에게 말했다. 그 애들이 좀 어색하게 웃으며 앞자리에 앉았다.

몇 주 전인가 민오가 그녀에게 고모, 단 한 줄짜리 메시지를 보낸 게 떠올랐다. 종강을 앞둔 때여서 왜? 라고도 묻지 못했고 마음 쓸 겨를이 없었다. 영서는 딴생각에 빠져 있었다. 다른 학생들도 당사자도 눈치채지 못하는 방식으로 인권 위원회에 신고서를 제출한 학생을 어떻게 자연스럽게 가해할 수 있을지 몰두하고 있어서. 영서는 강사로서 학생을 두고 그런 생각을 했다. 생각하고 또 했다. 그것은 그리 놀라운 일이 아니었다. 영서는 자신이 어른도 선생도 되지 못했고 앞으로도 그럴 수 없단 사실을 잘 알고 있었으니까. 한 학기 내내 영서는 조용하고 끈질기게 그 방식을 고민하면서 스스로에게 고통받았다.

그런데 그때 민오에게 답장하고, 왜 그러냐고 물었다면 저 여자애에 관한 이야기를 털어놓았을까. 영서는 민오가 음료수를 주문하러 간 사이에 여자애에게 이름이 뭐냐고 물으려다 관뒀다. 올케가 이 사실을 알면 좋아하지 않을 것 같아서. 여자애가 서글서글한 눈으로 영서를 마주 봤다.

민오가 고모 얘기 자주 해요.

그래요?

네, 좋은 교수님이시라고.

영서는 웃었다. 소리 없이, 누가 보면 정말 그 말을 듣고 기분이 좋아진 사람처럼. 그러곤 안경을 밀어 올리며 눈을 잠시 문질렀다.

민오가 아이스아메리카노 두 잔을 가져와 앉았다. 고모에게 거짓말하고 송도가 아니라 그것도 집 가까운 극장에서 데이트하다 들킨 표정을 조금 지우고. KTX 표를 두 장 예매한 데다 자신이 아닌 어머니의 동행자를 만들어 줘야 마음 놓을 수 있을 것 같았다. 학원을 운영하는 올케는 불가능했고 남동생은 상하이로 출장을 가 있었다. 망설이다가 택시 운전사인 김포 삼촌에게도 연락해 봤지만 갑자기 토요일 아침에 기차를 타고 영서 대신 어머니와 오송에 갈 수 있는 사람을 구하긴 어려웠고 어머니는 영서가 여기저기 연락한 걸 못마땅해했다. 나 노인 아니다, 이번엔 멀지도 않고 혼자 갔다 올 수 있어. 그 말은 좀 의외였다. 어머니는 혼자 어딜 가는 일도, 혼자 밥을 먹는 일도, 혼자 시간을 보내는 일도 못 하고 원치 않는 사람이라고 알고 있었으니까. 다음 달엔 같이 가면 되지. 어머니는 보기 드물게 생기 있는 표정으로 영서가 불러 준 택시를 타고는 용산역으로 출발했다. 민오는 같이 가줄 줄 알았는데.

어머니는 지금도 가위만 보면 민오 생각을 하고 같이 살던 시간을 떠올리며 누가 듣건 말건 중얼거린다. 그때가 좋았다고. 집의 모든 가위에 신민오라고 쓴 견출지가 붙어 있었다. 영서가 작게 쓴 글씨로. 한 아이를 키우기 위해서는 몇 개의 가위가 필요한 걸까. 짐보리, 유치원, 초등학교, 중학교까지 다니며 그 애가 쓴 크기도 색깔도 제각각 다른 가위들이 집 안 곳곳에 아직 남아 있었다.

할 말이 떠오르지 않았다. 민오도 그래 보였다. 어쩌면 민오는 영서라는 가족의 일부를 만남으로써 자신의 여자 친구는 모르고 몰라야 하는 지점, 고모와 서로 알고 있는 것에 부끄러워하고 있는지 모른다.

너, 그거 좀 안 하면 좋겠어.

여자애가 옆을 돌아보며 주의를 줬다. 한 손으로 제 귓불을 툭툭 잡아당기고 있는 애에게. 여자애는 그게 민오의 버릇이란 걸 아직 알지 못하는 모양이었다. 난처하거나 곤란을 느낄 때. 올케 앞에서처럼 민오는 얼른 자세를 바로 했다.

지난 삼월에 민오 입학을 축하하는 저녁 자리를 가졌다. 어머니는 잠들고 동생 부부와 민오를 데리고 한잔하는 자리에서 올케가 불쑥 말했다. 외동에 외부모인 여자애와는 처음부터 사귀지도 말고 만나지도 말라고. 남동생과 영서 눈이 마주쳤고, 아무도 올케의 말에 토를 달지 않았다. 동생은 두 손으로 얼굴만 북북 문질렀다. 올케가 화를 내는 사람처럼 말을 이었다. 자식에게 짐 되기 싫어서 스스로 목숨 끊는 노인들이 얼마나 늘어나고 있는지 아느냐고. 고개 숙이고 있던 민오가 식탁에서 일어나선 올케 손목을 잡았다. 걱정하지 마세요, 엄마. 그만 쉬시는 게 좋겠어요.

영서는 뭘 했나. 아무것도 하지 않았다. 슬픔에 빠져 너무나 화가 난 것처럼 보이는 사람들에 대해 생각하고 있었을 뿐. 올케는 자신의 어머니가 갑자기 돌아가셨다는 사실보다 돌아가신 방식을 아직도 못 견뎌 하는 듯했다. 그건 동생도 영서도 누구도 이해한다고 말할 수 없는 영역이기도 했다. 같이 오랫동안 떠올리기는 할 수 있어도.

근데 고모, 누구 기다려?

여자애와 달리 민오는 일어서고 싶은 모양이었다.

몇 시지?

2시 오 분 전인데.

윤 선배에게 메시지가 와 있었다. 좀 늦을 것 같다고.

검은색이라면 가릴 수 있는 얼룩을 흰색은 가리지 못한다. 아주 작은 얼룩도. 누구와의 관계가 검은색에서 흰색으로 넘어가는 그 단계 어디쯤의 찰나에서 이전까지와는 다른 감정이 생겨나 어떤 것은 우정으로 신뢰로 혹은 안쓰러움으로 각인되곤 했다. 윤 선배가 처음 자식 이야기를 했을 때 영서는 선배에게서 우정을 느꼈다고 기억한다.

그 애는 초등학교 입학하기도 전에 트렌치코트를 입고 다녔다. 애가 그런 어른스러운 옷을 입고 다닌 게 문제가 아니라 문제는 그 애가 사계절 내내 그런 옷만 입고 다닌다는 데 있었다. 그것도 제 몸보다 큰 사이즈로 깃을 세우고 허리를 꽉 묶고 주머니에 손을 찌른 채. 온몸을 다 가려 버리고 싶다는 듯이 말이다. 선배는 말을 아꼈지만 학교에서도 적응을 못 했고 아이 입을 열게 할 상담사를 꽤 오래 찾아다녔다. 그 애가 미술을 시작하기 전까지. 가끔 바지 주머니에 손을 찌른 채 고개 숙이고 걸어 다니는 어린애들을 보면 초등학교 때 한 번 보고 만 선배의 아들 생각이 났다. 어쩌면 그 애는 어른이 되고 싶지 않았거나 제가 살아갈 방식을 너무 일찍 알아차려 버린 것은 아니었을까. 어떤 사람은 남들 눈을 의식하지 않는 자유로운 방식으로 살아가기도 하고 어떤 사람은 뒤로 숨는 방법으로, 억누르는 방법으로 살아간다. 어떤 사람은 극단적인 방식으로 살아가고. 그 애가 선택한 방법은 어느 쪽이었어도 좀처럼 모범의 기준에서 벗어나지 않고 살아온 윤 선배에게는 자신과는 너무도 다른, 그러나 아직은 자신에게 속한다고 할 수밖에 없는 그런 아들은 감당하기 어려운 듯했다. 그 애가 벨기에로 유학을 떠날 때까지 오랫동안 윤 선배는 자신이 남편도 알 수 없고 남편과는 또 다른 아픔을 무결하게 받아 왔음을 스치듯 털어놓았다.

정동의 한 도서관에서 환경 관련 책을 쓴 저자의 독자와의 만남에 윤 선배가 사회를 맡았다. 영서에게도 흥미로운 책이었는데, 선배가 아들도 데려가게 되었다고 했다. 민오 생각이 났다. 형아라고 부를 만한 또래가 없는. 그날, 한여름에 가까운 계절이었는데 역시 트렌치코트를 입은 선배의 아들을 처음 보았다. 미성숙하고 성말라 보이는 애가 땀에 젖은 헝클어진 머리로 옷 속으로 거의 기어 들어가 있는 형국이었다. 번쩍이는 경계의 눈빛을 내리깐 채. 이 학년인 민오가 여러 번 형아, 우리 이거 할까 저거 할까? 해도 그 애는 민오가 돌보기 귀찮은 갓난아기인 양 냉담하게 굴었고 민오는 상처받았다.

영서에게 인상적이었던 건 아들을 대하는 윤 선배의 태도였다. 삼 학년밖에 안 된 아들을 어려워하거나 무관심해 보이거나 전혀 상관없는 사람처럼 대하는 듯했으니까. 식당에서

둘은 나란히 앉았는데도 떨어져 앉은 듯 보였다. 부모 자식 관계가 아니라 자신들이 합의한 만큼의 거리를 넘어서는 안 되는, 한편으로는 타인과 타인이 의도치 않게 만나 잠시 같은 환경을 기반으로 살다 헤어질 것을 약속한 관계처럼 보인다고 할까. 그런 눈으로 보면 그때까지 외할머니나 고모가 양말 하나까지 챙겨 줘야 하는 민오는 명확하게 어린아이에 불과해 보여 영서는 자신도 모르게 그 애처럼 민오에게 다정하게 굴지 않았다.

어른의 눈에는 너무도 어리게만 보였던 그 애가 트렌치코트 속에 숨기고 다녔던 건 자기 자신이었을지도 모른다고 짐작하게 되는 또렷한 순간들이 있었다. 다만 어른들은 그렇게 밖으로 드러나는 트렌치코트가 아닌 다른 시도를 하지만.

그 애가 유학을 떠난 뒤부터 영서 눈엔 윤 선배가 인생을 새로 다듬어 나가는 듯 보였다. 미국 중서부의 한 대학 석사 과정에 입학해 삼 년 동안 환경 관련 공부를 마쳤고 직장을 옮겼으며 환경 잡지를 만들기 시작했으니까. 이제 아들과는 일 년에 한두 번쯤 크리스마스나 방학 때 벨기에도 한국도 아닌 낯선 도시에서 만나 일이 주씩 함께 여행한다고 했다. 아들은 타인도 가족도 아닌 어딘가의 지점에 서 있고, 그들이 예전에 공유한 삶을 농담처럼 추억하곤 하는데 때때로 아들의 부드러워진 눈빛에서 그 시절이 반영된 감정을 읽게 될 때 문득 슬퍼진다고 했던가.

올케에게 윤 선배와 아들 이야기를 해주고 싶어지는 때가 있다. 그게 올케와 너무 밀착된 민오 때문인지 아니면 다른 이유 때문인지 알 수 없지만.

고모님, 다음에 또 뵈면 좋겠어요.

여자애가 엘리베이터 앞에서 명랑한 소리로 인사했다. 민오는 말없이 고개를 숙여 보이곤 버튼을 누르고. 문이 닫힐 때까지 영서는 여자애에게 아무 말도 하지 않았다.

검은색에서 흰색으로 관계가 넘어가는 지점, 영서는 윤 선배에게 중간 단계쯤에서 멈췄다. 시인 오와는 그러지 못했다. 그러자 우정처럼 보였던 것도 한순간에 사라져 버렸다. 정말 아무것도 아닌 일로도. 그게 정말 아무것도 아닌 일이란 걸 자각하는 그 순간에도. 유치하고 편협하게.

2시가 넘어도 윤 선배는 오지 않았다. 연두색 티셔츠를 입은 관계자들도 이젠 상영관으로 입장했고 카페에는 다른 영화를 기다리는 관객들 몇 명만 제외하곤 한가해졌다.

선배, 나 아직 여기 있어요.

윤 선배는 문자를 읽지도 않았다.

영서는 주섬주섬 가방을 챙겼다. 윤 선배는 이런 사람이 아니었다. 먼저 만나자고 해놓고 약속 장소에 나오지 않는 사람도, 늦을 것 같다면서 감감무소식인 사람도. 혹시 선배가 지금 이러는 이유도 시인 오와 관계가 있을까. 윤 선배는 영서가 아니라 나중에 만나게 된 시인 오와 더 가까워지는 듯했으니까. 처음엔 그러지 않았다. 서로 공통의 관심사도 호감도, 봐줄 만한 결함을 가진 세 사람이 순차적으로 만나서 어떤 시간을 보냈다. 그들과 함께 있을 때면 더 괜찮은 무리에 속한 것처럼 느껴졌고 더 잘 만들어진 관계 속에 들어와 있다는 느낌이 들어서였나. 그래서 영서로서는, 부정직한 채로 아니면 필요한 만큼만 자신을 열어 보이며 두 사람을 혹은 각자를 만나기도 했다. 더는 우정이 남아 있다고 자신 있게 말하기 애매한 사이가 됐지만. 시작이 누구였고 무엇이었는지. 너무 피곤해서 영서는 도로 자리에 앉았다.

　윤 선배와 시인 오가 둘이서 동남아의 한 휴양지로 여행을 다녀왔다는 걸 다른 이를 통해서 알게 됐다. 선배와 오가 평소에 셋이 꿈꾸었던 프라하나 포르투가 아니라 휴양지, 그것도 마사지로 유명한 데 다녀왔다는 데 영서는 실망했다. 그건 어쩌면 오 앞에서는 두 사람이 엄마 이야기를 하지 않는 것과 같을지 모른다고, 잊으려고 했다. 책처럼 후르르 넘겨 탁 덮어 버리려고. 시간이 지날수록 불쑥불쑥 감정은 소용돌이쳤다. 신뢰한다고 믿었던 마음, 우정이라고 여겼던 감정들은 방부 처리가 가능하지 않고 애초에 그런 건 있지도 않아 보였다. 왜 나는 아니었어요? 살면서 그렇게 묻고 싶은 순간들이 많았는데 이 사이에서도 그럴 줄 몰랐고 윤 선배와 오는 알지 못하게 영서는 먼저 서서히 자신을 닫아 갔다. 솔기를 틀어 열어 보였던 마음부터.

 영서는 종종 자신도 가르쳤다. 화가 난 것과 슬픈 상태를 구분해야 한다고. 그러지 못하면 원망하는 마음만 커질 뿐이라고.

 화와 슬픔은 닮은 데가 있었다. 한 번에 멈추지 않고 꼬리에 꼬리를 무니까. 집이 경매에 넘어가는 걸 막을 때 선배에게도 돈을 빌린 적이 있었다. 천만 원. 매달 은행 금리보다 높게 쳐준 이자를 어머니가 선배 계좌로 보내 주게 됐다. 삼 년 후에 갚았다. 삼 년 동안 만나기를 피했어도 채무 관계 때문에 변했다고 느끼지 않은 거의 유일한 사람이 윤 선배였다. 그랬다가 시간이 많이 흐른 후 어머니에게 들었다. 딱 한 번 이자를 못 보낸 적이 있었는데 윤 선배가 연락했단다. 이자 보내시라고. 씁쓸한 표정으로 어머니는 그 말을 스치듯 했는데 영서에겐 잊을 수 없는 일이 됐다. 사만삼천칠백오십 원, 그 금액도.

영서는 엘리베이터 버튼을 눌렀다. 오지 않는 사람을 기다리는 일은 충분히 해봤고 그런 관계는 결국 끝났다. 1층에서 내리려고 하는데 휴대 전화 진동이 울렸다.

미안해. 나, 엄마한테 와 있어.

윤 선배였다. 늦게라도 갈 테니 영화 보고 있으라고.

엘리베이터 문을 한 손으로 막았다. 영서는 그대로 집으로 가버릴 수 없었다. 윤 선배의 어머니는 지지난해에 돌아가셨으니까.

선배가 연락해 뒀는지 상영관 뒷자리 벽에 기대서 있던 관계자가 영서가 들어서자 이름을 확인하곤 좌석을 속삭여 주었다. 허리를 낮게 구부리곤 영서는 통로를 내려가 이제 화가 아니라 슬픔으로 차오르는 몸을 앞에서 두 번째 줄 P7에 앉혔다. 시작한 지 삼십 분 가까이 되는 화면에는 아마도 동물이 다니는 산길을 카메라가 따라가는 듯했고 반달곰 같은 야생 동물과 함께 살면서 그에 동반되는 불편함이 없기를 바라는 건 인간의 이기심이 아닌가 하는 내레이션이 흘러나왔다.

야생 동물에 관해 아는 건 없지만 선배의 전공이 기후라는 건 알았다. 윤 선배는 이번에도 환경, 생태 등 각 분야의 다른 전문가들과 함께 일하는 모양이었다. 일하면서 배울 수도 있는 직장이나 사람들을 선배는 추구했으니까. 언젠가 셋이 저녁을 먹는 자리에서 윤 선배가 우리 나중에 같이 책을 써봐도 좋을 것 같아, 라고 말한 적이 있었다. 시인 오는 오, 그거 좋은데요, 반응했지만 영서는 말을 아꼈다. 윤 선배를 오래 봐 온 사람의 짐작으로는 이렇게 그냥 만나서 밥 먹는 거 말고 뭔가 생산적인 모임을 가져 볼까 하는 뜻으로, 그러니까 지금 이런 시간은 좀 무의미하지 않나 하는 뉘앙스로 여겨졌기 때문에. 어쩌면 자신은 그들과 책을 쓸 만한 자격을 갖추지 못했다는 데 생각이 미쳤는지도 모르지만. 그런 눈에 보이는 도모를 하지 않아도 영서는 윤 선배와 시인 오와 함께하는 시간에는 자기 삶에 속하지 않을 수도 있는 평온함과 안전을 느끼고, 헤어질 땐 낙관적으로 되기까지 했었다. 무슨 책을 쓰든 두 사람만이 공동으로 작업해야 할 것 같았고 자신의 자리는 모자라거나 없는 게 나았다. 객관적으로 보면 그랬다. 영서가 학교에 자리 잡지 못한다면.

  화면에 오삼이라는 애칭으로 불리는 KM53번 야생 곰이 등장했다. 이 영화의 중심 동물인가? 영화에 집중하려고 했지만 빈 옆자리가 더 신경 쓰였다. 돌아가셨는데, 엄마에게 가 있다는 선배의 자리.

  일 년 반 전에 어머니가 돌아가시고 난 후부터 선배는 달라졌다. 영서는 부고조차 받지 못했고 시인 오도 마찬가지였다. 장례를 치르고 한 달 후쯤인가 선배가 통화하고 싶다고 연락해서 알게 됐다. 너무 경황이 없어서 연락하지 못했다고 하곤 선배는 침묵했는데 그 침묵에 더 많은 말이 담겨 있었다. 연락하지 못한 게 아니라 안 한 거였고 경황이라는 표현은 충격이라고 바꿔 들렸다. 아버지가 십여 년 전에 돌아가신 후—그때는 영서도 조문을 갔고 선배 아들이 벨기에에서 오지 않은 걸 기억했다—혼자가 된 친정어머니를 여동생과 번갈아가며 모셨다. 한두 달씩 어머니는 딸들의 집을 옮겨 다니며 지냈다. 어머니 말수가 줄어들고 딸들이나 사위들 눈치를 보는 게 느껴졌지만 뭘 어떻게 해주기보단 많은 경우에 짜증부터 났다고 했나. 어머니가 갑자기 배가 아프다고 해 응급실에 갔는데 그게 마지막이 됐다. 코로나가 끝났지만 한밤의 중환자실 면회는 금지돼 선배는 집으로 돌아갔다고. 새벽에 병원에서 전화가 왔다. 요도 감염에 의한 패혈증으로 사망. 선배는 담담하게 전했다. 선배가 전화한 이유는 따로 있었다. 엄마가 돌아가시고 나서 뭔가가 무너져 내렸는데 좀 괜찮아지면 보자고.

이해할 것 같아요, 선배.

그렇게 말하는 건 가식 같았다. 이해할 수 없었고 아직은 알고 싶지도 경험하고 싶지도 않았으니까. 아무 할 말이 없었다. 그런 순간이 너무 자주 생겨났다.

KM53번은 관리자들이 정한 서식지인 지리산에서 벗어나 사람의 길, 고속 도로와 숲을 가로질러 한사코 수도산으로 이동했다. 몇 번이나 잡혀 오고 다시 탈출하고. 곰은 그 길을 태생적으로 기억하고 있어 보였다. 자신이 살아야 하는 땅을, 혹은 살고 싶은 자리를. 뒷자리 관객 중 누군가 흡, 안타까운 숨소리를 냈다.

곰을 추적하려면 발신기의 배터리를 교체해야 해서 일 년에 한 번씩은 마취 총을 쏘아 잡아야 한다고 한다. 꿀이 든 포획 틀은 경험이 없는 새끼 곰 외에 더는 통하지 않는다고. 학습 능력이 생긴 곰이 더는 들어가지 않아 흥분하고 공격성을 갖게 하는 마취 총을 쏠 수밖에 없나 보았다. 영서는 자리를 고쳐 앉았다. 불길한 직감이 들었고 여기 모인 관객들이 아무리 안타까워해도 이미 늦었고 그 예감은 결국 들어맞게 될 것이다. 이제야 영화에 몰입하고 싶은 마음이 들었다.

인터뷰이가 KM53번의 죽음에 대해 자신의 의견을 말했다. 왜 그 마취 총을 맞은 야생 곰이 다른 데도 아니고 얕은 개울로 가서 코를 박고 죽었는지. 그러나 전문가는 눈물이 그렁그렁한 눈으로 다 말하지 못하고 망설이는 듯했다. 영서가 후

련하게 속으로 말했다. 자살한 거잖아요. 그러곤 흠칫 놀라 주위를 두리번거렸다.

지난해 여름, 오에게 메시지가 왔다. 어제 자살 시도를 했고 지금은 병원에 있는데 와줬으면 좋겠다고. 간결한 문장이었는데 영서는 그대로 전화를 뒤집어 버렸고 그때도 지금도 자세히는 알 수 없는 오에 대한 분노를 억누르느라 턱이 아플 정도로 이를 다물고 있었다. 왜, 어떻게, 이렇게, 그동안, 어떤, 기미도, 없이. 죽음에 관심 없는 사람은 관심 없다고 시인 오에게 말한 사람은 영서였다. 자신의 죽음을 떠올려 보지도 그려 보지도 않는 사람과는 깊은 감정을 나누고 싶지 않다고 말한 사람도 영서였고 언젠가 자신이 자신을 버리려고 한 계획을 털어놓은 사람도 영서였다. 둘이서만 만날 때. 영서는 오에게 가지 않았다. 윤 선배도 있으니까. 둘은 함께 여행도 가는 사이니까. 그해 여름은 끝나지 않을 것 같았는데 기우뚱거리며 가을도 오고 쓸려 가듯 겨울이 지나가고 지워 버리듯 해가 바뀌었다. 오가 영서에게 오는 일도, 영서가 오에게 가는 일도 일어나지 않았다.

엔딩 크레디트가 올라가고 스태프들이 의자 두 개와 작은 테이블을 앞자리에 가져다 놓느라 잠시 무대 쪽이 북적였다. 관객과의 대화 시간. 영서는 나가려고 가방을 들어 올렸다가

도로 내려놨다. 그러기엔 너무 앞자리였다. 윤 선배 자리마저 비었고. 영화 제작 과정과 야생 동물과 인간의 공존에 관해 감독과 인류학과 교수가 짧게 설명하고 질문을 받았다. 관객들의 질문이 몇 개 이어졌다. 환영받지 못하는 동물과 그렇지 못한 동물의 구분이나 반달곰과 사육 곰의 차이, 복원의 의미 등. 그러다 잠시, 아무도 손을 들지 않아 사회자가 조금 어색해할 때 뒤의 누군가가 손을 든 모양이었다. 질문한 사람은 자의식도 기억도 욕망도 학습 능력도 있는 야생 동물들과 함께 살아가기 위해서 인류라는 우리 지배종이 무엇을 해야 할지 물었다.

아는 목소리였다. 영서는 뒤돌아봤다. 흰 티셔츠에 연두색 점퍼를 걸쳐 입은 윤 선배가 스태프들과 뒷문 쪽에 서서 답변을 기다리고 있었다.

이제 우리 여기를 빠져나갈까?
행사가 끝나고 관계자들과 인사를 나눈 윤 선배가 뒤쪽 출입구에 있던 영서에게 미안하단 어투로 맞은편을 가리켰다. 대형 빔 프로젝터가 걸렸고 부분적으로 창이 개방된 야외 테라스 카페였다.

주문대로 가 생맥주 두 잔을 시키며 영서는 유리문을 등지고 앉은 선배를 돌아봤다. 연두색은 선배가 평소에 입는 색깔이 아니었고 사실 어울리지 않았다. 선배는 며칠 전 시장에 갔다가 오늘 행사에 입고 오면 좋을 것 같아 샀다고 했다. 선배는 이런 사람이었어. 계산대 앞에서 고개를 끄덕이며 영서는 어디서 글자를 주워다가 선배 등에 Right of Animals라고 붙여 주고 싶어졌다.

어머니를 거기 안치하셨는지 몰랐어요.

아버지가.

아, 그랬죠, 그래도 오늘 너무 덥고 습했을 텐데.

그러게. 날씨 때문에 울기도 어렵더라.

선배는 쓸쓸하게 미소 지었다. 이수는 처음 와보는 지역이라 교통편을 알아보다가 현충원과 가깝다는 걸 알았다고 했다. 엄마 묘소에 들리기 위해서 집에서 일찍 출발했다고. 영서는 상상했다. 끈적거리는 유월의 습도와 무거운 구름 밑에서 연두색 점퍼를 입은 채 걸음이 떨어지지 않아 우두커니 앉아 있는 중년의 딸을.

배고프겠네요, 선배. 뭐 음식도 좀 주문할까?

이거 마시고 내가 살 때. 그리고 나 김밥도 먹었어.

선배가 두 손으로 맥주잔을 감싸 들어 한 모금 마셨다. 술은 좋아하지 않는데도 여름이면 맥주 한두 잔을 맛있게 비우곤 하는 윤 선배가 말을 이었다.

엄마가 아파트 상가 1층에 있는 김밥집을 자주 다니셨어. 난 안 가본 덴데. 딸네 집에 오셔서도 늘 엄마 혼자 다니셨던 거지. 오늘 출발하기 전에 거기 먼저 들러서 한 줄 샀어. 엄마 앞에 놓으려고. 날씨 때문에 금방 쉬겠지 싶으면서도. 일어서려고 하니까 그걸 버리고 싶지 않았고 버리면 안 되겠단 생각이 들었어. 비닐봉지에 든 나무젓가락 포장을 찢으려는데 가로로 이렇게 쓰여 있더라. 〈단골이 됐으면 좋겠다〉라고.

영서는 손끝으로 테이블을 긁고 싶어졌다.

그래서 젓가락 포장지 뒷면을 보게 됐어.

거기도 뭐가 쓰여 있었어요?

응, 〈사실 찾아 주신 것만으로도 너무 감사해요〉.

두 사람은 각자 다른 방향으로 시선을 돌렸다. 윤 선배는 폭포가 쏟아지는 빔 프로젝터 쪽으로, 영서는 습한 바람이 불어오는 야외 창 쪽으로. 별거 아닌 거에 울고 싶기도 하고 웃음이 나기도 하고 슬퍼지기도 한다. 할 말이 없어지는 때가 많은 것처럼.

사실, 너무. 한 문장에 부사를 두 개나 쓰다니. 그건 반칙이죠.

선배는 흘러내린 한쪽 머리를 귀 뒤로 넘기며 조금 웃었고 영서도 웃으려고 했다. 오가 했을 법한 우스갯소리처럼 들려서. 밤 산책할 때면 문이 열린 집의 대문을 매번 살며시 닫아주곤 하는 오, 사계절 내내 면바지 면티에 에코 백만 들고 다니면서도 가죽은 물론 링이며 지퍼 같은 소재 하나까지 모두 땅속에 삼 년 동안 묻어 뒀다가 소량만 제작한다는 브랜드의 청키 백을 딱 하나 갖고 싶다고 말한 오. 그 덕분에 서로가 가진 허영도 무람없이 털어놓게 만들었던 사람. 우정은 서로의 삶에 어쩔 수 없이 지문을 묻혀 가듯 어떤 것은 지워지지 않는 걸까. 영서는 오에게 와달라는 메시지를 받았던 때로 툭하면 돌아가곤 했다.

일깨우듯 영서 잔에 자신의 잔을 갖다 대며 선배가 물었다.

어머니는 좀 어떠셔? 청력이랑 우울감이 많이 안 좋다고 했잖아, 지난번에.

내 목소리만 점점 커져요. 보청기는 안 끼신다고 해서요.

그래, 어머니랑 사는 우리 또래들이 목소리가 커지긴 커지더라.

선배가 지난번 전화할 때 어떤 후배 얘기해 준 적 있었죠? 어머니랑 둘이 사는 후배가 있는데 어머니를 위해서 한 달에 한 번씩 당일 기차 여행 다녀온다고. 노인 우울증에 효과도 있고 나중에 어머니 돌아가셨을 때 이건 하길 잘했어, 하는 거 하나쯤은 있어야 덜 후회하고 슬퍼질 거라고. 그 말이 계속 떠올라서, 지난달부터 나도 시작해 봤어요. 얼마나 갈진 모르겠지만.

오늘이 그 두 번째 날이었다고 말하진 않았다. 선배가 그 후배 이야길 해준 게 어머니의 임종 소식을 알리는 밤의 통화 때였다는 것도. 그 일을 하도록 영서의 마음을 움직인 건 선배의 후배 일화가 아니라 선배가 전화를 끊을 때 한 한마디였다는 것도. 엄마가 살아 계신 것만으로도 그냥 좋은 일이었어. 그걸 몰랐어.

이번에는 윤 선배가 맥주와 피자를 주문하러 계산대로 갔고 저녁부터 다시 장맛비가 쏟아지려는지 12층 창밖의 구름이 어두워져 보였다. 영서는 잠깐 휴대 전화를 열어 어머니가 보낸 사진을 확인했다. 오송에, 수암골이라는 작고 오래된 마을에 가보고 싶다고 한 사람은 어머니였다. 지난달 첫 당일 여행을 다녀오는 길에. 영서는 거길 왜 가고 싶은지 묻지 않았는데 어머니에게 가고 싶은 데가 또 있을 거라는 추측 때문에 조금은 혼란스러워졌다. 아직 모르는 게 많은 것 같은, 딸이 마신 맥주 캔을 깨끗이 씻어 모은 돈으로 병아리콩을 사는 어머니. 그래요 그래, 영서는 무턱대고 고개를 끄덕였다.

엄마들은 자신이 노인이라는 걸 언제 어떻게 받아들일까요.

글쎄. 난 이제 물어볼 수도 없고. 아마도 그냥 우리처럼 잘 몰라서 혼란스러워하지들 않으셨을까. 우리는 우리가 중년이 됐다고 인정하지만 그게 실은 어떤 건지, 거기에 뭐가 필요한지 알지 못하는 것처럼.

화제를 돌려야 할 것 같아서 영서는 여기서 우연히 조카를 만난 이야기를 윤 선배에게 했다. 가족에겐 비밀로 한 여자 친구를 봤다고도. 다시 봤으면 좋겠다고 해서인지 스스럼없이 밝아서인지 영서는 등에 아직은 홀어머니를 짊어진 그 애, 그 젊은 여자애가 헤쳐 나가고 선택할 미래의 생활 방식이 문득 궁금해졌지만 그건 말하지 않고.

그래서 어떻게 했어?

저 단체에 회원 가입시켰어요, 최소 회비로.

선배와 영서는 킥킥 웃었다. 웃음소리가 잦아들고, 영서는 더는 미룰 수 없다는 걸 알았다. 가슴이 무겁게 뛰었다.

……할 말이, 있다면서요. 선배?

아, 그랬지…….

뭔데요?

언젠가 우리 오하고 셋이 만나고 있을 때였는데. 무슨 소리 끝에 영서가 이런 말을 했어. 학교에 자리 잡지 못할 거 같다고.

영서는 고개를 끄덕였다. 다른 누군가에게 그 말을 입 밖으로 꺼낸 적은 없었다. 윤 선배와 시인 오와 있을 때 마음 깊은 데서 뭔가 쩍 벌어지면서 그 말이 밖으로 튀어나왔고 제 귀로 그 목소리를 듣자 사실이 확인되는 것 같았다. 밀려난 게 아니라 부족해서라고. 앞으로도 자신을 위한 자리는 없는 게 당연해지고 있다고.

그날 영서는 그 말에 대한 두 사람의 반응을 기다린 게 아니었을 것이다. 대화의 흐름과도 상관없이 하고 싶은 말을 툭 내뱉은 거에 가까웠다. 종종 자신의 그런 태도가 문제가 있다는 걸 알지만 고쳐지지 않을 때처럼.

내가 아무 말도 하지 않았어. 그때 아니라고, 그렇지 않을 거란 말을 하고 싶었는데, 다른 대화로 흘러가 버렸고 그 자리가 그냥 끝나 버렸어. 시간이 지날수록 그게 생각나. 그때 어떤 말인가 해야 했다고. 이걸 오랫동안 생각했어.

난, 그 생각 못 했어요. 괜찮아요, 선배.

그때 그러는 게 아니었는데. 마음에 내내 걸려.

윤 선배 얼굴이 그늘지고 지쳐 보였다.

내내 마음에 걸리는 일, 그리고 앞으로 그렇게 될 일. 영서는 종강하던 목요일에 대해 말하고 싶어졌다. 그 애에게 무슨 말이든 해야 했다고. 불과 열흘 전인데 벌써 오래된 일처럼 느껴지는 건 생각을 자주 해서인지도 몰랐다. 자신을 인권 위원회에 신고했던 학생에 대해서. 영서는 그 학생이 누구인지 신고서를 보고 알았다. 한번 보면 잊기 어려운 글씨체를 가졌으니까. 주머니에 두 손을 찌른 채 영서는 있는 힘을 끌어내 수업을 마치곤 강의실을 나왔다. 누군가 뛰어나오는 기척 뒤에서 교수님, 하는 소리가 들렸다. 영서는 뒤돌아봤다. 복도에 그 애가 서 있었다. 키가 더 커 보였고 눈을 찌푸린 채, 좀 혼란스러워 보이는 뾰족한 얼굴로. 영서는 한 걸음 뒤로 물러났다. 아직도 자신의 손에 음료 잔이 들려 있었다. 준비를 많이 했다. 수업 전 학교 카페에서 산 요즘 학생들이 좋아하는 말차 라테를 그 애에게 줄 수도 있었다. 한 학기 동안 반장을 맡아 줘서 고마웠다고. 그 애는 영서가 침을 뱉어 놓은 그 라테를 마실 수 있었고 뜨거운 커피가 든 자신의 텀블러를 맨 앞자리에 앉은 그 애 쪽으로 쓰러트려 찢어진 청바지 속으로 음료가 줄줄 스며 들어가 다리에 화상을 입히기를. 어머 이걸 어쩌니. 영서는 연습도 했다! 그랬는데 그 애가 복도로 따라 나와선 간신히 아무것도 하지 않고 나간 자신을 불러 세웠다. 또 한 걸음 앞으로 다가와 새된 소리를 냈다. 보고싶을거같아요,교수님,여름방학잘보내세요. 영서는 몸을 휙 돌렸다. 한 손에 라테 잔을 들고 한 손에 출석부를 든 채 뛰다시피 계단을 내려왔다. 잔에서 넘쳐흐른 라테가 옷 앞섶으로 튀었다.

말할 수 없다. 어떤 이야기들은. 언젠가는 말할 수 있는 이야기도 있다. 서로에게 아직 남아 있는 이야기가 있고 어쩌면 앞으로 더 생길지 몰랐다. 영서는 고개를 주억거렸고, 선배도 그랬다. 잔은 비었고, 이제 저녁이 오기 전에 각자의 집으로 돌아가야 했다. 밤부터 장맛비가 다시 거세진다고 하니까.

윤 선배가 음료 잔과 접시가 든 트레이를 두 손으로 받쳐 들며 자리에서 일어났다. 잠깐만, 선배. 영서는 가방에서 꺼낸 유리병을 선배가 멘 가방 안으로 넣어 주었다. 어머니가 볶은 거예요, 선배 주라고.

트레이를 반납하고 윤 선배와 영서는 엘리베이터 앞으로 갔다. 생각난 듯 선배가 말했다.

어쩌면, 서로를 이해해서 멀어질 때도 있을 거야.

그 말을 하기 위해서 선배는 여기 온 것 같았다. 현충원에서 그냥 집으로 돌아가 버릴 수도 있었을 텐데.

엘리베이터는 지하 6층에서부터 올라오고 있었다. 두 사람은 엘리베이터를 사이에 두고 마주 보았다.

(오는 잘 있나요.)

잘 지내.

(한 번 안아 줄 수도 있었는데 그러지 못했어요.)

겨울에 만나.

(화가 난 게 아니라 슬픈 것 같아요.)

마음 잘 돌보고.

선배도요.

엘리베이터가 왔고 영서는 아까와는 다른 마음으로 1층 버튼을 눌렀다.

* 소설에 나오는 영화의 제목과 내용은 임기웅 감독의 「야생동물통제구역」임을 밝힌다.

안다

발행일 2025년 11월 25일 초판 1쇄
지은이 김경욱, 심윤경, 전성태, 정이현, 조경란
발행인 홍예빈
발행처 주식회사 열린책들

경기도 파주시 문발로 253 파주출판도시
전화 031-955-4000 팩스 031-955-4004
홈페이지 www.openbooks.co.kr 이메일 literature@openbooks.co.kr

Copyright (C) 김경욱, 심윤경, 전성태, 정이현, 조경란, 2025, *Printed in Korea.*
ISBN 978-89-329-2541-7 04810
ISBN 978-89-329-2536-3 (세트)